宗璞
经典散文

大家经典

满天云锦

宗璞 著 | 杨柳 编

山东文艺出版社

目　录

辑一

山溪漫笔

西湖漫笔

平生最喜欢游山逛水。这几年来，很改了不少闲情逸致，只在这山水上头，却还依旧。那五百里滇池粼粼的水波，那兴安岭上起伏不断的绿沉沉的林海，那开满了各色无名的花儿的广阔的呼伦贝尔草原，以及那举手可以接天的险峻的华山……曾给人多少有趣的思想，曾激发起多少变幻的感情。一到这些名山大川异地胜景，总会有一种奇怪的力量震荡着我，几乎忍不住要呼喊起来："这是我的伟大的、亲爱的祖国——"

然而在足迹所到的地方，也有经过很长久的时间，我才能理解、欣赏的。正像看达·芬奇的名画《永远的微笑》（即《蒙娜丽莎的微笑》——编者注），我曾看过多少遍，看不出她美在哪里；在看过多少遍之后，一次又拿来把玩，忽然发现那温柔的微笑，那嘴角的线条，那手的表情，是这样无以名状地美，只觉得眼泪直涌上来。山水，也是这样的，去上一次两次，可能不会了解它的性情，直到去过三次四次，才恍然有所悟。

我要说的地方，是多少人说过写过的杭州。六月间，我第四次去到西子湖畔，距第一次来，已经有九年了。这九年间，我竟没有说过西湖一句好话。发议论说，论秀媚，西湖比不上长湖，天真自然，楚楚有致；论宏伟，比不上太湖，烟霞万顷，气象万千——好在到过的名湖不多，不然，不知还有多少谬论。

奇怪得很，这次却有着迥乎不同的印象。六月，并不是好时候，没有花，没有雪，没有春光，也没有秋意。那几天，有的是满湖烟雨，山光水色，俱是一片迷蒙。西湖，仿佛半醒半睡。空气中，弥漫着经了雨的栀子花的甜香。记起东坡诗句："水光潋滟晴方好，山色空蒙雨亦奇。"便想，东坡自是最了解西湖的人，实在应该仔细观赏领略才是。

正像每次一样，匆匆地来，又匆匆地去。几天中我领略了两个字，一个是"绿"，只凭这一点，已使我流连忘返。雨中去访灵隐，一下车，只觉得绿意扑眼而来。道旁古木参天，苍翠欲滴，似乎飘着的雨丝儿也都是绿的。飞来峰上层层叠叠的树木，有的绿得发黑，深极了，浓极了；有的绿得发蓝，浅极了，亮极了。峰下蜿蜒的小径，布满青苔，直绿到了石头缝里。在冷泉亭上小坐，直觉得遍体生凉，心旷神怡。亭旁溪水玲珑，说是溪水，其实表达不出那奔流的气势，平稳处也是碧澄澄的，流得急了，水花飞溅，如飞珠滚玉一般，在这一片绿色的影中显得分外好看。

西湖胜景很多，各处有不同的好处，即便一个绿色，也各有不同。黄龙洞绿得幽，屏风山绿得野，九溪十八涧绿得闲……不能一一去说。漫步苏堤，两边都是湖水，远水如烟，近水着了微雨，泛起一层银灰的颜色。走着走着，忽见路旁的树十分古怪，一棵棵树身虽然离得较远，却给人一种莽莽苍苍的感觉，似乎是从树梢一直绿到了地下。走近看时，原来是树身上布满了绿茸茸的青苔，那样鲜嫩，那样可爱，使得绿茵茵的苏堤，更加绿了几分。有的青苔，形状也很有趣，如耕牛，如牧人，如树木，如云霞；有的整片看来，布局宛若一幅青绿山水。这种绿苔，给我的印象是坚忍不拔，不知当初苏公对它们印象怎样。

在花港观鱼，看到了又一种绿。那是满池的新荷，圆圆的绿叶，或亭亭立于水上，或宛转靠在水面，只觉得一种蓬勃的生机，跳跃满池。绿色，本来是生命的颜色。我最爱看初春的杨柳嫩枝，那样鲜，那样亮，柳枝儿一摆，似乎蹬着脚告诉你：春天来了。荷叶则要持重一些，到初夏则更显成熟，但那透过活泼的绿色表现出来的茁壮的生命力，是一样的。再加上叶面上的水珠儿滴溜溜滚着，简直好像满池荷叶都要裙袂飞扬，翩然起舞了。

从花港乘船而回，雨已停了。远山青中带紫，如同凝住了一段云霞。波平如镜，船儿在水面上滑行，只有桨声欸乃，愈增加了一湖幽静。一会儿，摇船的姑娘歇了桨，喝了杯茶，靠在船舷，只见她向水中一摸，顺手便带上一条欢蹦乱跳的大鲤鱼。她自己只微笑着一声不出，把鱼甩在船板上。同船的朋友看得入迷，连连说："这怎么可能！"上岸时，又回头看那在浓重暮色中变得无边无际的白茫茫的湖水，惊叹道："真是个神奇的湖！"

更何况西湖连性情也变得活泼热闹了，星期天，游人泛舟湖上，真是满湖的笑，满湖的歌！西湖的度量，原也是容得了活泼热闹的。两三人寻幽访韵固然好，许多人畅谈畅游也极佳。见公共汽车往来运载游人，忽又想起东坡在密州出猎时写的一首《江城子》："老夫聊发少年狂，左牵黄，右擎苍，锦帽貂裘，千骑卷平冈。"想来他在杭州，当有更盛的情景吧？那时是"倾城随太守"，这时是每个人在公余之暇，来休息身心，享山水之乐。这热闹，不更千百倍地有意思么？

希腊画家亚伯尔曾把自己的画放在街上，自己躲在画后，听取意见。有一个鞋匠说人物的鞋子画得不对，他马上改了。这鞋匠又批评别的部分，他忍不住从画后跑出来说："你还是只谈鞋子好了。"因为对西湖的印象究竟只是浮光掠影，这篇小文，很可能是鞋匠的议论，然而心到神知，想西湖不会怪我唐突吧？

一九六一年七月

原载《光明日报》一九六一年八月二日

秋色赋

尝见人形容春天，惯用十分春色几个字，果然呈现出一片花团锦簇的景象。便想，秋色比春色其实更要浓艳几分，若用十分秋色来形容秋天，原也是当得起的。

小时候在北方，家住在一片枫树林子里，林中掺杂着松柏和槐树。每到秋来，绿枝红叶，交相照映，真是艳丽极了。有时靠在窗前，总奇怪晚霞怎么会离得这样近，想伸手拉它过来。后来到了云南，家住在一座小山上，和云南一般的山野村庄一样，那里林木葱茏，石径委曲，清溪淙淙，绕村而过。秋来时，一层深、一层浅，一层淡、一层浓的各种颜色，如同层云出岫，变幻无穷。往往是从远处望见树尖上一点黄意，便知道了秋的消息。

今年正当重阳，去官厅湖畔收秋，又得便领略了一番秋色，只是那丰富又有所不同。火车穿过重峦叠岭，停在了一湖澄碧旁边。下得车来，依着塞上的秋风走去，只见蓝天像冰似的略略透明，坦荡荡的大路，不知通向哪里。蓝天下，大路旁，有一片火红的树林，红得那样深厚，那样凝重，从未见哪一树春花有这等颜色。红树林背后，是向日葵田，风过处，摇曳起一片金黄，衬托得红的特别红，蓝的分外蓝。那近山远山，更如牙雕石琢一般，显得有说不出的英挺劲拔。因为好奇，径自奔了红林而去，要看看它怎么能这样红，为什么这样红。到了跟前，见是一片杏树。一群白羊在树下嚼着落叶，因人来了，便踩着满地娇红往小土坡上跑去。同来的伙伴不觉赞叹道："满园秋色关不住，这也算是塞上一景吧。"

然而秋色也还在别的地方。我们在花生地里劳动了几天以后，就开始了"溜地"，就是在收过的地里，捡那些遗漏的财宝。村子里的一位老白大叔赶着三头牛在前面翻地，我在后面跟着。发现一个小白点儿，就高兴得不得了。有时眼看一颗花生落进泥土的波浪里，便连忙把它刨出来。捡着、刨着，清晨的寒意早不知哪里去了，只觉得在这没遮拦的田野上，老白大叔、牛，和我成为一个和谐的整体。阳光十分明亮，鞭梢儿和牛角尖上都似乎涂抹着喜洋洋的色彩。于是忽然得了两句诗："扫却晓寒轻，拾得秋色重。"不是么？每一颗、每一粒都是辛勤劳动的果实。拾满了的筐子虽然未必有多沉重，收获的欢欣却是有分量的。红的甘薯、黄的土豆、白的花生……每年这绚烂的秋色，来得何尝容易啊。

然而秋色又还在别的地方。夕阳西下，变幻的晚霞照得银灰色的旱芦苇闪闪发光，成为一片通红的光亮的海。这中间，有一点最红的颜色，那是我们的油漆得十分鲜艳的拖拉机。它在工作。马达轰隆轰隆地响着，赶走了田园的幽静。在它身后，掀起的泥土仿佛在奔腾着，喧嚣着，散发着生命的气息。我几乎忍不住想要去搂抱这亲爱的土地，它属于我的祖国。

忽然又飞过来一点红色，停在夕阳的霞光和银色的旱芦苇之间。这是个农村小伙子，穿了件大红卫生衣，靠在自行车上，怔怔地望着拖拉机。老白大叔嫌牛走得慢，又舍不得动鞭子，正抱怨地不好："瞧这地，净是石头，种了饱的，闹了瘦的。"小伙子听见了，转过头来一笑，说："再过几年，不管啥地，都能种了瘦的，闹了饱的。"说完了话，骑上自行车，箭也似的向西射去，霎时间就融在那红光中了。我不觉也怔怔地望着他那着红衣的背影，我仿佛看见了表现着丰富收获的多彩的秋色，而且看见了明年、后年，以及多少年以后的更丰富更多彩的秋色。

若说，明年、后年的收获，不只是仿佛看见，而是已在计划着、安排着。那是月夜，我在打谷场上守着，见一片寒光，十分清冷，田野、村庄，都似乎浸在水里。因为月色无边无际，便生了无边无际的奇想，譬如骑了扫帚飞去之类。然而给我印象特别深的，并不是那天生就的粉红色的扫帚，而是堆积在场上的显得如此温柔的金色的谷子，还有那在月光下如此洁白润泽的花生，已是分出一部分来，留作籽种了。

香山红叶，契园白菊，秋色本来俯仰皆是，我却要谆谆叮嘱自己，若得十分秋色，还需辛苦耕耘。

原载《北京文艺》一九六一年第十二期

墨城红月

一过兴安岭，觉得天气猛然一凉。车窗外不再是无边的青纱帐，先是些高高低低的灌木丛，再过去，就是均匀的绿色。这就是呼伦贝尔草原么？直到看见那黑色的，又有些透明的河水，才恍然，确实又来到草原上了。

不知为什么，这里的大大小小的河水都是那样一种黑色，它一点不浑浊，只显得有些冷，有些重。但它自己一点不觉得，只顾流着。草原上的中心城市海拉尔，意思是"墨城"。我第一次来时，觉得很奇怪，这个新兴的城和墨城哪里有什么关系。这一次，我从河水又认识了草原，便猜想，墨城的名字，可能是从河水而来吧。

墨城海拉尔便在这样一条河旁，河上有大桥把新旧市区连接起来。这次旅行，喜欢活动的我，为病所拘，不曾出去活动，只管坐着看天。有时在桥上闲步，水么，只是流，已经知道它的特点了，便也还是看天。不料从天上，竟也看出一些名目。

这天是草原上的天，草原毫无遮拦，这样开阔，这样坦率，只是一个劲儿地绿。天呢，却是变化多端。它常常显得离地很近，有时站在四不靠的草原上，总觉得天还是可以用手摸得到的，在大桥上看日落，真是"远在天边，近在眼前"了。太阳如同从炉中锻出的炽热的铁，红得发白。沉下去以后，天边还久久地染着余光。我便想，那一块天，一定很烫很烫。

那云也奇怪。它仿佛不在天上，而在地上，应该说，就是在那天和地的交界上。像要往上飘，又像要往下落，让人摸不着头脑。有时乌云密布，天阴沉沉的，滴得下水来。忽然间云在空中活动起来，大块大块地往天边滑去，太阳马上就光灿灿的，照得人睁不开眼。天也骤然升高了，就是飞，也难得上去了。那些云，都集中到一堆，落到天地的边缘上，好像是谁在那儿刷了一笔浓墨。想来那里一定会下大雨，让丰盛的草原畅饮一番。再等一会儿，这一"笔"勾销了，却又在天的另一边，添上了一笔。这看不见的笔挥来挥去，云层就汹涌而来，呼啸而去，忙个不停。那施云童子、布雾郎君，以及四海的龙王爷，在这一带的任务似乎特别繁多，我真替他们累得慌呢。

一个傍晚，千变万化的落照已经过去了。只在天地间有一道明亮的红云，直从暮色中透过来。我站在桥上望着它，等它隐去，然而它竟不，只执拗地横在那里。等着等着，云层中忽然起了一团红光，像是个正燃烧的火球，滚了一阵，又倏地消失了。紧接着一个火球又是一个火球，都是那样闪着红光，滚滚而逝。正在看得有趣，听见有人说："打雷啦，闪电啦，可该回家啦。"回头一看，见是个年老的牧民，牵着一匹肥壮的马，准也是要回家，望着我亲切地笑着。我便也向他笑笑，往住处走去，一路还回头去看那云后的闪电。

过了几天，便是中元节。我的看天的兴趣也达到了顶峰，因为那月亮更是奇怪，它从草原的尽头升起时，简直大得吓人，足像个汽车轮子——当然比汽车轮子好看。它照着刚被黑夜笼罩的绿色草原，现出一种淡黄的颜色，周围有轻云缠绕，引人深思。行到中天，便全没了那种朦胧的气氛，十分明亮，十分光洁。照得上下左右，成了一片通明的世界，让人看了，胸中再存不住半点杂念。等到将落未落时，却又变成朱红的颜色，在碧沉沉的天空里，红得那样含蓄，那样润泽。记得听人唱过一首民歌，其中有"天上的红月亮"这样的句子，觉得奇怪，月亮哪有红的呢，最多是黄的。在这里，知道了月亮真有红的，而且是这样的红，那红色是活泼的，流动的，仿佛它正在燃烧着……

曾和几位考古专家一同步月，他们用洞察过去的眼光看出这月光下的旷野应该是古战场。这一带民族复杂，地居险要，一向是争战的场所，然而那确都已成了过去。草原，在民族大家庭里劳动着，成长着。在桥头，又看见那老牧民，还是牵着那肥壮的马，大步走着。我们像老相识似的攀谈着很久。

月光照着他骑马向草原上驰去，我也没问他家住在哪儿。月亮会知道的吧？它默默地照了几千年几万年了。它知道今天的考古专家们将来也会被别人考古，而且它也知道这个时代的人怎样在有限的生命里热情地、努力地创造着无限的历史。

我久久不能入睡。推开窗户，等着看那碧天红月的奇景。

一九六二年九月
原载《光明日报》一九六二年九月二十日

废墟的召唤

　　冬日的斜阳无力地照在这一片田野上，刚是下午，清华气象台上边的天空，已显出月牙儿的轮廓。顺着近年修的柏油路，左侧是干皱的田地，看上去十分坚硬，这里那里，点缀着断石残碑。右侧在夏天是一带荷塘，现在也只剩下冬日的凄冷。转过布满枯树的小山，那一大片废墟呈现在眼底时，我总有一种奇怪的感觉，好像历史忽然倒退到了古希腊罗马时代。而在乱石衰草中间，仿佛该有着妲己、褒姒的窈窕身影，若隐若现，迷离扑朔。因为中国社会出奇的"稳定性"，几千年来的传统一直到那拉氏，还不中止。

　　这一带废墟是圆明园中长春园的一部分，从东到西，有圆形的台，长方形的观，已看不出形状的堂和小巧的方形的亭基。原来都是西式建筑，故俗称西洋楼。在莽苍苍的原野上，这一组建筑遗迹宛如一列正在覆没的船只，而那丛生的荒草，便是海藻，杂陈的乱石，便是这荒野的海洋中的一簇簇泡沫了。三十多年前，初来这里，曾想，下次来时，它该下沉了吧？它该让出地方，好建设新的一切。但是每次再来，它还是停泊在原野上，远瀛观的断石柱，在灰蓝色的天空下，依然寂寞地站着，显得四周那样空荡荡，那样无依无靠。大水法的拱形石门，依然卷着波涛。观水法的石屏上依然陈列着兵器甲胄，那雕镂还是那样清晰，那样有力。但石波不兴，雕兵永驻，这蒙受了奇耻大辱的废墟，只管悠闲地、若无其事地停泊着。

时间在这里，如石刻一般，停滞了，凝固了。建筑家说，建筑是凝固的音乐。建筑的遗迹，又是什么呢？凝固了的历史么？看那海晏堂前（也许是堂侧）的石饰，像一个近似半圆形的容器，年轻时，曾和几个朋友坐在里面照相。现在石"碗"依旧，我当然懒得爬上去了，但是我却欣然。因为我的变化，无非是自然规律之功罢了，我毕竟没有凝固。

对着这一段凝固的历史，我只有怅然凝望。大水法与观水法之间的大片空地，原来是两座大喷泉，想那水姿之美，已到了标准境界，所以以"法"为名。西行可见一座高大的废墟，上大下小，像是只剩了一截的、倒置的金字塔。悄立"塔"下，觉得人是这样渺小，天地是这样广阔，历史是这样悠久。

路旁的大石龟仍然无表情地蹲伏着，本该竖立在它背上的石碑躺倒在土坡旁。它也许很想驮着这碑，尽自己的责任吧？风在路另侧的小树林中呼啸，忽高忽低，如泣如诉，仿佛从废墟上飘来了"留——留——"的声音。

我诧异地回转身去看了。暮色四合，方外观的石块白得分明，几座大石叠在一起，露出一个空隙，像要对我开口讲话。告诉我这里经历的烛天的巨火么？告诉我时间在这里该怎样衡量么？还是告诉我你的向往，你的期待？

风又从废墟上吹过，依然发出"留——留——"的声音。我忽然醒悟了。它是在召唤！召唤人们留下来，改造这凝固的历史。废墟，不愿永久停泊。

然而我没有为这努力过么？便在这大龟旁，我们几个人曾怎样热烈地争辩啊。那时的我们，是何等慷慨激昂，是何等满怀热忱！和人类比较起来，个人的一生是小得多的概念了，每个人自有理由做出不同的解释。我只想，楚国早已是湖北省，但楚辞的光辉，不是永远充塞于天地之间么？

空中一阵鸦噪，抬头只见寒鸦万点，驮着夕阳，掠过枯树林，转眼便消失在已呈粉红色的西天。在它们的翅膀底下，晚霞已到最艳丽的时刻，西山在朦胧中涂抹了一层娇红，轮廓渐渐清楚起来。那娇红中又透出一点蓝，显得十分凝重，正配得上空气中摸得着的寒意。

这景象也是我熟悉的，我不由得闭上眼睛。

"断碣残碑，都付与苍烟落照。"身旁的年轻人在自言自语。事隔三十余年，我又在和年轻人辩论了。我不怪他们，怎能怪他们呢！我嗫嚅着，很不理直气壮。"留下来吧！就因为是废墟，需要每一个你啊。"

"匹夫有责。"年轻人是敏锐的，他清楚地说出我嗫嚅着的话。"但是怎样尽每一个我的责任？怎样使环境允许每一个我尽责任？"他微笑，笑容介于冷和苦之间。

我忽然理直气壮起来："那怎样，不就是内容么？"

他不答，他也停了说话，且看那瞬息万变的落照。迤逦行来，已到水边。水已成冰，冰中透出枝枝荷梗，枯梗上漾着绮辉。远山凹处，红日正沉，只照得天边山顶一片通红。岸边几株枯树，恰为夕阳做了画框。框外娇红的西山，这时却全是黛青色，鲜嫩润泽，一派雨后初晴的模样，似与这黄昏全不相干。但也有浅淡的光，照在框外的冰上，使人想起月色的清冷。

树旁乱草中窸窣有声，原来有人作画。他正在画板上涂着颜色，涂了又擦，擦了又涂，好像不知怎样才能把那奇异的色彩捕捉在纸上。

"他不是画家。"年轻人评论道，"他只是爱这景色——"

前面高耸的断桥便是整个圆明园唯一的遗桥了。远望如一个乱石堆，近看则桥的格局宛在。桥背很高，桥面只剩了一小半，不过桥下水流如线，过水早不必登桥了。

"我也许可以想一想，想一想这废墟的召唤。"年轻人忽然微笑说，那笑容仍然介于冷和苦之间。

我们仍望着落照。通红的火球消失了，剩下的远山显出一层层深浅不同的紫色。浓处如酒，淡处如梦。那不浓不淡处使我想起春日的紫藤萝，这铺天的霞锦，需要多少个藤萝花瓣啊。

仿佛听说要修复圆明园了。我想，能不能留下一部分废墟呢？最好是远瀛观一带，或只是这座断桥，也可以的。

为了什么呢？为了凭吊这一段凝固的历史，为了记住废墟的召唤。

一九七九年十二月

原载《人民文学》一九八〇年第一期

爬　山

我喜欢爬山。

山，可不是容易亲近的。得有多少机缘凑合，才能来到山的脚下。谁也不能把山移到家门前。它不像书，无论内容多么丰富高深，都可以带来带去，枕边案上，随时可取。置身于山脚，也才是看到书的封面，或瑰丽，或淡雅，或雄伟，或玲珑，在这后面蕴藏着不可知。若要见到每一页的景象，唯一的办法，是一步步走。

山是老实的。山也喜欢老实地一步一步走着的人。

我们开始爬山。路起始处有几户人家，几棵大树，一点花草，点缀着这座光秃秃的山。向上伸展着的路，黄土白石，很是分明。到了一定的高度，便成为连续不断的之字形，从这面山坡转过去，不知通向哪里。

"云水洞在哪儿？"侄辈问村舍边的老汉。

"在那后面。"老汉仰首指着邻近山峰上的三根电线杆，"还在那杆后面。"他看看我们，笑道："上吧！"

山路不算险，但因没有修整，路面崎岖，很难行走。我爬到半山腰，已觉气喘吁吁。转身不需要仰首，便见对面山上云雾缭绕，山脚的几户人家，也消失在那一点绿荫中了。

"能上去么？"家人问。

当然能的。我们略事休息，继续攀登。又走了一段，我心跳，头也发胀，连忙摸摸衣袋中的硝酸甘油，坐了下来。"不去了，好么？"家人又问。

当然要去的！只要多休息，从容些就行。我们逐渐升高，山顶越来越近了。

已经有下山的人，他们是从另一侧上去的。"还有多远？"上山的人总爱问。"不远了，快一半了。""值得看，那洞像天文馆一样。"下山的人说。在同一条山路上，互不相识的人总是互相关心，互相鼓励的。虽然在人生的道路上，并不尽然。

翻过山头，便是下坡路了。可以看见对面山头上的三根电线杆，而无须仰首了。这山头后面的山腰中有两间小屋，一前一后。"那里就是了！"有人叫起来。大家为之精神一振，加快了脚步。我还是一步步有节奏地走着。山坳里不再光秃秃，森然的树木送来清凉的空气。走着走着，深深的山谷中忽然出现一堵高大的断墙，巨石一块块摞着，好像随时会倒下来。不知经过了多少年月，多少水流风力和地壳变化，叠成了这堵墙，这倒有点像黄山的景色。我忽然想起，去年今日，我正在黄山的云海中行走。

对云水洞的向往阻止了关于黄山的回忆，我们终于到了。一路风景平淡，洞外更像个集市，乱哄哄都是人。洞里会是怎样？因为谁也不曾到过这类的洞，大家都很兴奋。进洞了，甬道不宽，地上湿漉漉的，洞顶也在滴水。灯光很弱，显得有些神秘。

前面的人忽然发出一阵惊叹之声，我们进入了一个大厅堂。

头上是一个大圆顶，这样高大！似乎山也没有这样高。"那么山是空的了。"谁说了一句。我们还没有来得及惊叹，灯光灭了，眼前漆黑一片，惊叹声变作惋惜的叹声。如果罩住我们的穹隆能像天文馆的圆顶，发出光来就好了。没有光，什么也看不见。我觉得头上便是黑夜的天空本身，亿万年前便笼罩着大地的天空本身。而我们是在山的内部！人流向前进了。我们模糊地觉得有几块大石，矗立在路边。卧虎？翔龙？还是别的什么？只好想象。有的时候，身在现场也需要想象的。

　　我们看到石的帐幔，又是这样高大！像是它撑住了黑色的天空。看到洞顶垂下的石钟乳，如同小小的瀑布；听讲解员敲了几下石鼓、石钟，鼓声浑厚，钟声清亮，却不知它们的形状。看得最清楚的，是路边的一只骆驼。它站在那里，不知有几千万年了。第五厅较小，身旁石壁上缀满了闪亮的雪花，头顶垂着一穗穗玉米，不知出自哪一位能工巧匠之手。等我们赶到第六厅——最后一厅时，看到了一座座玲珑剔透的山峰，在明亮的灯光下，宛如仙境。据说这里有十八罗汉像。又是正要惊叹时，灯倏地灭了，只好慨叹缘悭，不得识罗汉面。但是得睹仙山，也算是到了西天吧。

　　限于时间，不能等下一次开灯。虽然只匆匆一瞥，那宏伟、那奇特、那黑暗都留在了我的眼前。回来的路上，大家仍兴奋地谈说，只因没有看全，稍有些遗憾。我却满意，因为这番见识，是靠一步步走，才得到的。

　　我们又一步步下了山。山脚的老汉在路边摆出许多块上水石。他问："上去了？"我对他笑。要知道，比这高得多的山我也上去了呢，无非一步步走而已。

车上人都睡了。我不由得又想起黄山上的那几天。那一次医生原不批准我上山，见我心诚，才勉强同意。我也准备半途而废的。到慈光阁的路上，只是一般山景，已经累了。上了庙后的从容亭，忽觉豁然开朗，远处的大谷，露出宽阔的石壁，如同敞开胸怀，欢迎每一个来客。小路便沿着这雄伟的山谷，向上，向上，消失在云雾中。谁能在这里止步呢？而且那"从容"两字用得多好！我常觉黄山的文化修养较差，是件憾事。这两个字，却是我一直不忘的。

到半山寺，我已抬不起脚。猛抬头，看见天都峰顶的金鸡，是那样惟妙惟肖，顿时又有了力气。"上来吧！上来吧！"它在叫天门，也在召唤远方的陌生人。走吧，走吧，一步步从容地走，终究会到的。

上得龙蟠坡，才真算到了黄山。从这里开始，上下完全是两个世界。从坡顶远望，每一座山，都好像各自从地下拔起，不慌不忙地高耸入云。我恍然大悟，黄山，原是个大石林。站在没有遮拦的坡顶，罡风吹走了下界的一切烦恼，奇丽的景色涤荡着心胸，只觉得眼前这般开阔，心上了无牵挂，毫无纤尘，真如明镜台了。怪不得庙宇、庵、观都选在奇峰异壑，才能修身养性呢。

记得在玉屏楼那晚，本想出来看月的。前两天汤溪的夜，真是月明如洗。只是房中人太多，我在最里面，走不出来。只好从一个狭窄的窗中，对着黑黝黝的大石壁，想象着月下的群山怎样模糊了轮廓，而群山上的月，又是怎样格外明亮，格外皎洁。

半途而废的计划取消了。我继续一步一步向上爬。忽见远处一片明亮的水，中间隐现城池，我以为那是"人寰处"了。被问的人大笑，说那便是著名的云海，只可惜浅了些，所以露出些峰峦。我坐定了观赏，见它波涛起伏，真像大海一般，但它究竟是云，看上去虚无缥缈，飘飘荡荡，与大海的丰富沉着，是两般风味。黄山是山，山中划分区域，以海为名，最初想到这样命名的，也算是聪明人了。

我一步步走着。看那大鳌鱼，那样大，那样高，那样远。我终于钻进了它的腹中，又从嘴里出来了。我在平天矼上漫步，在东海门流连。我走的是现成的路，是别人一步步走出来的现成的路。徐霞客初到黄山时，是用锄凿冰，凿出一个坑，放上一只脚。如果在现成的路上还不能走，未免惭愧。当然，若是无心山水，当作别论。

我登上了始信峰，那是我登山的最终级处。这峰较小，却极秀丽，只容一人行走的窄石桥下，深渊无底。远看石笋矼，真如春笋出土，在悄悄地生长。峰顶是一块大石，石上又有石，我没有想到，上面又写着"从容"二字。

我从容地下了山。因为未上天都，有人为我遗憾。想来我虽不肯半途而废，却肯适可而止，才得以从容始，又以从容终。

后来一直想写一段关于黄山的文字，又怕过于肤浅，得罪山灵。不料从小小上方山的浮光掠影中联想到去年今日。无论怎样的高山，只要一步步走，终究可以达到山顶的。到达山顶的乐趣自不必说，那一步步走的乐趣，也不是乘坐直升机能够体会到的。

于是又想到把写文章比作爬格子的譬喻。林黛玉有话：还得一笔笔地画。薛宝钗评论说：这话妙极了，不一笔一笔地画，可怎么画出来了呢。文章也是一个字一个字写的，不在格子上爬，可怎么写出来了呢。

不一步步爬，可怎么上山呢。

我喜欢爬山。

一九八〇年八月

原载《光明日报》一九八〇年九月七日

澳大利亚的红心

瑙玛有个小小的习惯，怕下楼，因此当然也不能上楼。我们在阿丽思泉古斯艺术馆的圆厅里走着，见厅中心有一个螺旋形的小楼梯，梯侧有小喷泉，暗红色的灯光照着喷洒的水珠。我请她到厅边小坐，不要陪我上去。她说到上面就可以看见这个艺术馆的主要内容，她用了一个字，我一时想不起那英文的意思。"上去便知。"我想。

跨过暗红的喷泉，缓缓上到梯顶，我不觉吃了一惊。我怎么忽然来到了澳洲中部的荒原上、旷野间？苍凉而豪迈的中澳大利亚景色，扑向我眼前，这样辽阔，这样一望无际；又这样寂静，这样无动于衷，只有远处的小小风车给人一点动的感觉。似乎时间也被这豪迈苍凉羁留住了。那一直伸展开去的原野，直到天边，看不见了，却又明知它还在继续伸延，简直使人想赶过去看个究竟。在棕褐色，有的地方是暗红色的原野上，铺缀着一丛丛灰白的草，一丛丛暗绿的榛莽。再高一些是那一对称为孪生兄弟的橡树，它们真像彼此的影子。最高的植物是一株尤加利树，它那灰白的树皮下，显示着充满了生命力的筋骨。天地交界处有一段远山，又有一座淡蓝色的平顶山，像一个倒扣的长盒，后来知道它的名字是考诺山。又有一座稍长的，一端扁平的浅棕色的山，后来我知道那便是世界上最大的独石——艾耳石。

我循着楼栏走了一圈，才悟出那英文字义是全景画。这画面形成一个圆圈，观画人站在中央。近处二十英尺的泥土植物全是实物，连接着二十英尺高的画面。画面不但集中了澳大利亚的有特点的景物，还画出了那原野的苍郁混沌的神情，使人不觉大有"天地悠悠"之感。

次日我们乘车行驶在真正的澳洲内陆原野上，离艾耳石越来越近，这种"天地悠悠"之感也越来越强烈。车行几个小时，眼前总是莽苍苍一片。忽然远处出现了那淡蓝色的考诺山。以后我发现无论从哪个方向看，它总是保持着那淡淡的蓝，虽然远，却很分明。走着走着，考诺山不见了。太阳没遮拦地照着，蓝天亮得耀眼。地下的草格外灰白，榛莽的绿显得格外干涩。而路呢，不知何时起，变成了鲜艳的红色。如果不是亲眼得见，实在难以想象土地能红到那样地步。这红色在那全景画中并不突出，大概是要留给人自己琢磨吧。于是天是蓝的，树是绿的，草是白的，路一味是红的。风吹草低，便是原野的活动，便是原野的声音。

我拿出罗吉的地图，想看看行程远近。罗吉是气象学家，是瑙玛的儿子。在悉尼那几天，都是他开车。离开悉尼时，他送了我这份地图，还有一个复活节巧克力兔。他对瑙玛极为体贴关心，总是在她需要时及时出现。"这样孝顺的儿子不多了。"瑙玛常说。我也为她高兴。

罗吉的地图告诉我们，艾耳石有三点二公里长，二点四公里宽，三百三十五米高。艾耳是一个人的名字，一八七二年最初来

到这石山的欧洲人取此名。艾耳本人与这石山并无关系。这里原
有土著，现在都迁往别处了。他们有蛇人的传说，山的阴阳两面
有两种蛇，后来成为两个部落。我不禁联想到我们中华民族的
龙，其实也是由蛇图腾演变来的。看来在远古时代，蛇的势力
不小。

我们到了。艾耳石从近处看如同一匹趴卧的大兽，棕色的纹
理好像大象粗糙的皮肤。石山上有好几处洞穴，有的洞中有简单
的原始的画，都保存得很好。头一天在阿丽思泉，瑙玛曾请一位
研究土著生活的英国朋友来见，他对他们的画很了解，圈圈点
点，曲线直线，都有意义，都在诉说一个故事或一种感情。只是
有些内容他们不愿人知，他也就闭口不言。在他那里见到一些
画，圈、点和线的形状、颜色都很和谐，倒有点像当前抽象派
的画。

节目中有一项是欣赏艾耳石变换颜色。我们清早出发，登上
一个沙丘，东张西望。向东看日出，向西看石山的颜色。石山在
黑暗里黑黝黝的，黑夜渐渐淡去，石山逐渐显出棕色的皮肤；朝
阳在天边涂抹着彩霞，石山在不知不觉间也涂了一层橘红色。在
太阳跃出地平线的一刹那，据说石山会像着火一样通红，但那天
不知为什么，没有见到这奇观。又因为东张西望不能兼顾，对两
边似乎都无多少心得。从沙丘上下来，瑙玛笑道："走了几万里
路，临了石山不变颜色。""总得把最奇特的留给想象。"我笑答。
其实眼前的景色已经够奇了。在灰白和暗绿相间的原野上，破开
一条鲜红的大路，向石山缠绕过去。远处虽有总是那样蓝的考诺
山和另一座奥尔加山，近处的艾耳石却显得这样大、这样孤单，
不知从什么时候就被抛掷在这里，遗忘在这里。它像澳洲一样，

终于被发现了，而且成为胜景。我记起 T. 哈代所著《还乡》的第一章，"一片苍茫，万古如斯"，那描写伊登荒原的文字是多么美；还有那红土贩子——现在科学发达，当然不用红土染色了。

"这路，这土，多么红……"我喃喃道。

"这是澳大利亚的红心，"瑙玛说，"澳大利亚的红心欢迎你。"

"红心"两字并非瑙玛发明，在导游画册里便是这样说的。在辽阔无垠的原野上袒露的红路，真像敞开了赤诚的胸怀，那是人民友好的心愿。我向她感谢地微笑，默默地俯身抓起一把红土。原来在土著的许多美好的传说中，确有红土染身的故事。说是在世界尽头住着一个女人，她的职责是早晨点火照亮世界，晚上熄火让万物安息。在点火与熄火时，她都要用红土装饰自己，红色反照在天上，便成了朝霞和落日的绮辉。

我们沿着红色的路，下午便返回阿丽思泉。在渐渐合拢来的暮色中，西天却逐渐明亮，越来越红，很快就成了一片通红。红云上压着一层层灰黑的云。这里没有别处落照的千百种颜色的变换，整个天空，只有红与黑两种颜色。红云真像在天上烧着大火，因为天地是这样无边无际，火也烧得透旺，烧得恣意，从天的一端直烧到另一端。偏又有层层黑云，有时在红云上压着，有时在红云下托着，更显出那壮丽的通红来。通红的天连着通红的地面，仿佛从地面上也在升起红云，真使人感到一种浩大、神秘的力量。这大概是那世界尽头的女子在撒扬红土所致吧。

车上几个小孩在说儿歌："彼吉博吉胖墩墩，拉着女孩们不住地亲；一伙男孩来游戏，彼吉博吉跑开去。"在清脆的童音中忽然发出一声赞叹，瑙玛说："看那边！"和通红的西天遥遥相对，在草莽中升起一轮明月，月轮很大，染着淡淡的金黄，默然俯视着这原野。我忽然想起，内蒙古草原上大而圆的月亮，不也就是这一个么？它冷眼观看了亿万年来地球各处人类的发展，不知地球上何人初见月，也不知月亮何时初照人。人的智慧发展到今天，月亮本身的奥秘也让人探得去了。

日落的壮观持续约一小时，夜幕终于遮盖了一切。路边的地灯告诉我们已走上柏油路，红土的原野越来越远……

"告别了，澳大利亚的红心。"我在心中说。我已从自然景色中苏醒过来，和车上的旅客攀谈着。旅客来自澳大利亚各阶层，也来自世界各地。谈笑间，我也学会了瑶玛小时候就在说着的儿歌："彼吉博吉胖墩墩……"

其实，我虽然离开了那红色的原野，却并未离开澳大利亚的红心。牧场上，大学里，繁华的大城和清幽的小镇中，到处都遇到热心朋友。南澳大利亚的库诺本小学特地赠我一把银色的小勺，柄上有校徽，盒底写着："请冯女士用它的时候记住我们，并请转达对中国小朋友的友谊。"

访问小学校时，我被安置在大沙发上，孩子们围坐在地，瞪大了眼睛瞧着我。校长科博狄克先生多才多艺，他手弹吉他，领着孩子们唱欢迎歌。我讲我自己的古老伟大正在建设的国家，讲了我们小学生的一天的生活。应校长之请，我也讲了《露珠儿和蔷薇花》这篇童话。我很怀疑我的自译能否达意，孩子们却专心地听。讲完了，一个孩子举手问："那朵蔷薇死了？""骄傲的蔷薇死了。"我不无伤心地答。

校长让孩子们自由发问，空气很是活泼。问题一个接一个："中国最高的山？""中国最长的河？""中国的牙膏是什么颜色？""你有多少岁？"我也问他们，问他们的志愿。几乎人人都举起小手。有的要做农民，有的要做理发师；有的女孩愿意做护士，愿做家庭妇女；有的男孩要做警察，要开飞机。只有一个孩子要做科学家，没有人愿当教师。

"如果你几年前来，会有许多孩子要做教师。"校长说，"近来教师失业的很多。"原来澳洲人口增长率趋于零，孩子少，需要的教师也少了。

"不管做什么，"校长又说，"我们要培养的是有用的、快活的人。"

临别时，校长从墙上取下两张图画送我。一张是个黄色的小人，那是海盗；一张是用拇指按出来的一个个指印，组成一棵树。我想起澳大利亚名作家帕特里克·怀特的一本书《人类之树》。在人类之树上，每个民族、每个国家尽管有种种不同，但都该在自己可爱美丽的国土上辛勤劳作，发展兴旺，并且互相友好往来，使这棵大树根深叶茂，绵延久远。

面对着这张天真的画，不禁又想起罗吉的地图，想起养猪人餐桌上丰盛的糕点，想起明史教授雨中送别，想起每天看着表为我煮鸡蛋的退休老船长……当然，还有代表澳中理事会接待我的瑶玛那充满了关怀、做出细致安排的亲切的声音。虽然我免不了常请她重复一次，奇怪的是，我总不觉得她说的是外国话。还有那奇特的剖露着红土的原野——澳大利亚的红心。

一九八一年六月初
原载《人民文学》一九八一年八月八日

鸣沙山记

西行归来很久了，有些印象已经淡漠；也有些印象经过时间的酿造，轮廓反更分明，意思也更浓郁。这从记忆里时常浮现的画面之一，是鸣沙山。

鸣沙山在敦煌市城南，我们下榻在城东。城东果木成荫，绿色满眼，和华北的夏日无异。可是驱车不到半小时，下得车来，我忽然发现自己落入了沙的世界。眼前是一座沙山，脚下是厚厚的积沙，沙粒很细，踩上去如同在海滩行走。也许亿万年前，这里曾是海底吧。

眼前的沙山就是鸣沙山了。当时是晚上八时许，正值黄昏，那天天色似不很晴朗，在灰暗的天空下，巨大的沙山默默地站着，显得孤寂而遥远。山光光的，除了数不尽的细沙，什么也没有。因为有山，甚至也没有沙漠的瀚海无垠的气魄。但是好像有一种什么力量，使我们都肃然。那感觉不是空间上的，而是时间上的。时间退回到遥远的遥远的过去，那时生命还没有发生。没有动物的踪迹，也没有植物的覆被，有的只是永恒的静谧，和对未来的期待。

我们在沙漠上走，把鞋子拿在手中。风从耳边吹过。我看见风也向沙山上吹着，在半山腰把沙粒向上扬起，似乎是帮助沙山长得更高。我恍然，风若总是从这个方向这样吹，自不会湮没山脚下的泉水。

鸣沙山脚下有一个月牙泉，是与山齐名的。我们走了一段路再向右转，便看见四面黄沙之中那一弯明亮的水。水面据说较前小多了，也浅多了，但还清澈。水边有几株芦苇，大有江南水乡的意味。对岸有几处断墙残壁，那是以前庙宇的遗迹；还有一株枯树，巍然处于瓦砾之中。这一切，很像一幅纸色已经发黄，笔墨也已模糊的古画。这时有一个并没有骑驴的壮年人，安详地走进这幅画面，一点不理会这边的笑嚷，只顾穿过废墟，一直向远处走去。

"他一个人，往哪儿去？"我不禁问，望着远处的山，山那边当然还有山。

没有人能回答，我也不能去问个究竟。于是这孤寂的投向洪荒的身影，便和碧水黄沙一起，在记忆中留了下来。

这时天色更暗，鸣沙山显得更高了，仿佛离天空很近。风扬起细沙，在山腰形成一团团烟雾，又飘飘扬扬地散了。我转身向山脚走去，把伙伴们留在泉边。我真想爬上沙山，再从山上滑下来，据说就可以听到沙粒相撞的声音，但我还是适可而止了。我孤零零地站在山脚下，举目尽是灰色的沙，心中充满莫名其妙的喜悦。那感觉好像是在白茫茫的雪原上，正想扑进雪里抚摸雪的清凉；又如同在浩漫漫的大海边，正想站在起伏的海浪上随着波涛远去。我几乎跪下来拥抱大地！拥抱这孕育着生命，哺育着人类的整个的大地！大地的景色多么丰富，多么幻妙，多么奇，又多么美！这里有塞北的荒凉和江南的妩媚，有山的静止和水的流动，两种情调极不相同的美互相对照，互相辉映，互相联结，成为一体。我想长啸，听一听沙山和清泉的回响，我想大喊，呼叫那投向洪荒的寂寞的人。

"我们在这里！"我喊着。当然，连在月牙泉边的伙伴也听不见，更何况那远去的人。

我们确实在这里。我们在这里生活、战斗、成长。戈壁滩上有一座锁阳城遗址，据说现在夜晚仍有厮杀呐喊之声。记录着人类文明发展的敦煌文化，现在仍在呼吸，仍在散发着光辉。我看见那妙相庄严的菩萨，才忽然懂得"容光照人"这四个字。我看着著名的三兔藻井，真觉得画中的云在旋转、流动，就像眼前灰暗的天空上，大片的，缓缓流动着的，活着的云一样。

我们在这里，我们还要在这里长久地、更好地生活下去。

归途上大家踩着坎坷不平的阡陌，不觉议论道，千万不该在这样的山川中开这几亩不打粮食的田地，还抽用月牙泉水来浇田！做了多年的不肖子孙，现在总该明白一点了吧。

我不时回头，看那孤身远去的人是否赶了上来。沙山在渐浓的夜色中更显得巨大、沉重，沙粒仍然在山腰飘扬旋转，落到沙山上去。

"我们在这里。"我默默地说。

恐再无来鸣沙山的机缘了。我愿听到它的消息，使这一片景色在我的记忆中，苍茫的更苍茫，妩媚的更妩媚。

一九八一年十二月三十一日
原载《丹》（"万叶散文丛书"），一九八四年二月

羊齿洞记

记得二十二年前写《西湖漫笔》时，第一句便是"平生最喜欢游山逛水"。岁月流逝，直到现在，还是改不了山水旧癖、烟霞痼疾。

一九八二年美国的三个月之行，原拟偷暇去寻访几处自然景色；行到第一站檀香山，便知很难做到了——八十七岁的老父兴致虽好，究竟行动不便。七月十二日，国际朱熹会议组织花园岛之游，本应陪侍老父，不能前往。幸有历史研究所的冒怀辛先生，情愿代我一日之劳，我才得以一览幽胜。

到花园岛之前，并不知岛上有个羊齿洞，只听说在夏威夷群岛中，花园岛是最美的一个。从檀香山乘飞机，掠过大海，二十分钟即可到达。岛上满眼绿色。车行在蜿蜒的公路上，随时可以看见大海：有时灰，有时蓝，有时茫茫一片，有时闪亮得刺眼。路旁除树木外，最多的是甘蔗田，随着山势起伏，偶有较平坦处，颇有些"青纱帐"的意思。

到了外米亚山谷，红黄色的泥土和岩石裸露在外，没有绿色覆盖，给人一种原始的赤膊的感觉。因为峡谷太深、太宽而不陡，初看时不知其深到何等地步；仔细看谷底，却又看不见。不一会儿，一架直升机从谷中飞过，飞机在我们下面，也不显得很大，才知道这峡谷之大了。然而这只是一个准大峡谷，比起美国大陆著名的大峡谷，还差得远呢！

望台上风很大，吹得人几乎站不住。那赤裸的原始的峡谷，却似乎什么也不觉得，只是默默地任风吹，凭雨淋，没有遮拦，没有雕饰，把人吸引了来，又把人的想象牵引到不知何处。

中午在椰林饭店吃午餐。饭后与学者柳存仁先生、任继愈兄、邱汉生先生、李泽厚学长一起在椰林中散步。椰林一端望不到边，林中遍生青草，隔不远便有一个小炉子，当为晚会时烤肉用。林的另一端与餐室之间，有一条莹洁的小河，水上有独木舟，岸上有奇花异树，无人叫得出名字。又有几位日本学者和我们一起谈笑，在树下水旁，兴致勃勃，都早把朱熹老人抛在了脑后。

然后乘船。船很大，游人凭栏而坐，中间有夏威夷姑娘跳舞。前几天，在夏威夷商店里看见过草裙，裙已非草制，但式样还是仿草裙的。船上的舞者穿长裙，跳的当然仍是民间舞。舞者身材、面目都很秀美，肤色很黑，睫毛很长，舞姿曼妙，她们自己似乎也很快活。但是想想她们靠这个吃饭，背后的辛酸，还不知有多少呢！

水平如镜，两岸树木郁郁葱葱，绿得很浓。映在水中，连水也是浓绿色。夏日的阳光也很浓，一切都是浓酽的，浓酽得有些慵懒。据美国朋友说，这是夏威夷的一个特点。

船到转弯处停泊了，大家弃舟登岸。一上岸不觉诧异，原来已置身热带树林中。树身高大茁壮，藤蔓纠结，把骄阳隔在远处。循小路上行，两边全是植物的世界，很少空隙。走着走着，忽然豁然开朗！我真不知世间还有这样奇异的景色。

这是一个很大的洞，大到不觉得它是洞。大束大束的羊齿植物从洞顶悬挂下来，一片叶子连着一片叶子，突出到洞顶外。仿佛这洞翻了个个儿，这些植物本该朝上长的，却朝下长了。大滴的水珠，不断从洞顶落下来，滴到羊齿草上。每片叶子都那么绿，那么亮，绿得透明，绿得鲜嫩。不是盆景中的绿，也不是"绿满阶前"的绿，而是悬在头顶上，很大很大的任意生长的一片绿。它像瀑布一样垂下来，好像就要流到我们身上，浸湿衣服，浸湿每一个人……

我一直抬头望着，望得脖子发酸，才想起来问："这是什么地方？"奇怪的是，无论北京来的，台湾来的，还是美国大陆来的各方学者，都不知道。

大家一面赞叹，一面循着靠侧面洞壁的窄坡向上，走到一个平台。平台边，洞壁有一处凹进去的地方，就像一个供奉佛像的坛座。我忽然想，应该有一个精灵住在这儿，绿色的、头上长着两棵角一样的羊齿草的小精灵。若是他问我有什么愿望，我会告诉他：我愿用一切代价换得弟弟的健康！我那身染沉疴的弟弟啊，你现在感觉怎样？我真想把这洞天一下子移到你的面前……

从高坡向下望，地上全覆盖着矮矮的植物，也是千姿百态。绿丛中有一泓水，浅浅的，很清澈。这是洞顶的水，流过羊齿草滴下来积成的，也不知有多少年了。

归途中，我满眼仍是洞中景色。车又停过几次，可我都没有注意观赏。一处似是睡巨人山（不是"睡美人"，而是"睡巨人"）；一处据说是瀑布，可谁也没有看见瀑布在哪里。几位英、美女学者和我，在路边攀谈、照相，哈佛杜维明教授走过来，对我说："我打听到那洞的名字了。"他随即说了那英文名字，意思是"羊齿植物洞"。哦，羊齿洞！

　　会议结束后，我们在檀香山又逗留了几天，才有暇找地图、导游书等来看看。这才发现，羊齿洞不仅风景特殊，还有一个大用场——结婚圣地。

　　花园岛的结婚办法很富有浪漫色彩，结婚证是到游船部、照相馆领的，手续简便。然后到椰林中的教堂或羊齿洞举行仪式即可。原来那小小的"坛座"，还真有"圣坛"的作用呢！

　　那"坛座"上的绿色精灵，是不是该改为手持红线的月下老人呢？我不知道。不过我知道，那绿色的小仙早已飞进许多肤色各异的人的心中，并永远留驻在那里了。

一九八三年四月二十一日

原载《十月》一九八三年第四期

奔落的雪原

——北美观瀑记

对北美洲五大湖区的尼亚加拉大瀑布真是向往已久了。听说有人前往观赏，看着看着，忍不住跳了进去；也有人专门到那里自杀，大概以为那咆哮的急流能洗净世间的污秽吧。便想我若结识了大瀑布，当写一篇小说，写本是前往结束自己生命的人终于获得了生的力量，懂得了怎样赞美人生、谱写人生。那是一切名山大川应该给予人的，我相信尼亚加拉大瀑布也是如此。

一路上我总想不通，这样大的瀑布怎能不在崇山峻岭之中，而是在平原上。经过五大湖之一的伊利湖时，只见水天一色，无边无际。公路上有不少疾驶的车，顶上倒扣一条船，便是去湖里游荡的。据说这湖连同另外三湖的水都是经大瀑布落到尼亚加拉河中，再经安大略湖、圣劳伦斯河流入大西洋的。这么多的水，想来那瀑布一定够壮观了。

车过靠近加拿大的巴法罗城时，已是下午。"不远了。"来过的人说。"怎么没有声音呢？"我想，因为目的地近了，大家都有些兴奋。我却忽然害怕起来，这平淡的湖水，连同周围平淡的景色，能汇集出怎样的雄伟呢？

　　下车后，我以为还要走一段路，却忽然发现已经到瀑布旁了。最先看到的是美国瀑布，立足处比河流的水面约高两三层楼。河水平静地、放心地流过来，似乎万万没有料到会猛然跌落。水色碧绿，到悬崖边时，忽然变作了大块的雪，轰然落下，溅起无数水花，使得瀑布下部宛如在云雾中。大雪块不断崩落下来，云雾不断升起。它这样宽，悬崖岸长一千一百英尺，又这样高，落差一百八十英尺。奔腾咆哮，好像要在顷刻间使出全身解数，而这顷刻一直延长了不知多少万年，永没有疲惫的时刻。

　　瀑布下是深谷，若凭走路，恐怕要走好一阵。我们乘电梯下到谷底去乘船，一会儿便到。电梯中可见美国瀑布旁边的小瀑布，名唤"新娘的面纱"。小瀑布再往北是三个瀑布中最大的、属于加拿大的马蹄瀑布，悬崖岸边呈巨大的马蹄形，宽两千五百英尺，落差一百七十英尺。上船时发雨衣，船走时轰鸣的水声越来越大，船也越来越颠簸。真高啊，那急遽奔流的水壁！好像是天门大开，尽情地把水倾泻下来。到马蹄瀑布下面了，浪花飞腾着，人们如立雨中。船还向前行，眼前什么也看不见，只是迷雾一片，不少人叫着笑着，连船下的水也在跳动，翻起无数水花。我望着四周迷蒙的水汽，就像在黄山上想跳入云海，在太平洋岸边想踏上海波一样，我真想跳下去！

　　当然只是想想而已。船慢慢地转身，回头看那宛如在天际的翻腾跃落如雪块般的水，因为太宽太高太大，一眼难以尽收。一条巨大的虹出现在迷茫的水汽中，弯弯的弧只划过瀑布的一角。在这里，瀑布一词似乎已不适用。布是窄条，而这里是这样雄伟，这样宽阔，这样急速地流动着，简直叫人喘不过气来。整个的雪原从天上崩落了！

啊，奔跑而崩落了，崩落了还继续奔跑着的雪原！

据说曾有不少人把自己装在桶里，随着瀑布落入深渊。不少人中只有一个少年生还，人们惊喜之余，给他调养，然后向他罚款。我在瀑布下走一遭，对这些冒险家增加了几分理解。可能谁都想随着瀑布跃下悬崖，尝一尝那飞在半空中、震撼灵魂的喜悦。不过真的伸出双手去拥抱能毁灭自己的巨大的力量，固然需要勇气，也未免任性。

这里人们的勇气和智慧是用在正当途径上的。原来流量每秒二十万零两千立方英尺的水，一半用来发电了。它给了人们多少光明，多少力量！到晚上，瀑布也不寂寞，强烈的灯光照着它，反正它不在乎，也不能抗议。古人叹昼短夜长，有人秉烛夜游，有人"只恐夜深花睡去，故烧高烛照红妆"。现代人的气魄大多了，夜游改用探照灯，白色灯光可以帮助人在黑夜中看到瀑布汹涌崩落的气势。凭栏倚望，有灯光处的水是一片闪烁的白，不像白天，在雪般的水花下泛出碧绿来。只是瀑布太宽，峡谷太深，无论多么强的光，落到那崩落的雪原般的千万年不曾停息的层层水花上，那巨大的无底深谷中，全显得黯淡微弱，使得整个峡谷更添了些神秘莫测、捉摸不定的色彩。一切都显得更遥远了。忽然间灯光颜色变了，暗红的颜色罩住了深谷。一会儿又变作绿的、蓝的、紫的，据说这是尼亚加拉大瀑布重要的一景。我却宁愿只要素朴的白，能帮助人们夜游便足够了。绮丽的颜色和伟大磅礴不大相称，何况还使人想起霓虹灯来。莫非这气势庄严的大瀑布也在做着一场繁华梦么？

夜深了。我们要睡了。大瀑布不管灯光怎样变换，只顾奔跑着，跌落着，跳跃着，夜以继日地给人忘却一切的喜悦。它是勤劳的，清醒的。

次日清晨，我们又跨过美国瀑布上游，从山羊岛上步行向下，来到瀑布半中腰流连。这里上看飞流，下临云雾。瀑布似乎是悬空的，不知来龙去脉，只是向平面延伸，一直转了半圈，成为马蹄形。有这么大的马么？是霍桑在《奇异的书》里描写的，载了英雄人物去砍下妖魔的三个头的那匹飞马吧？可惜我没有听到这里的传说，不过我自己可以编出一个来。

这时，在美国瀑布下面和对岸加拿大一侧的山谷中，都有三三两两的黄衣人在行走。"什么虾兵蟹将？"我们问。原来可以通过隧道下去，到瀑布近身处观看。在美国这一边的叫"风洞"，我们兴致勃勃地去了。穿上雨衣雨靴，也都成了虾兵蟹将。乘电梯从岩石中下去，走过隧道，到得洞口，洞外有栈桥，位置在美国瀑布和"新娘的面纱"之间。水声轰鸣，比在船上时更强十倍！我们不管浪花飞舞，循栈桥向大瀑布走去，真走到它身旁了！离水流只有二十五英尺！这时仰面上看，急流自天而降，仿佛就浇在自己头上！厚重的水在脸面前奔腾着，厚重得像浮雕，却是奔跑着的活的浮雕。风挟着水蒙头盖脸而来，风和水都是硬的。这里不是水花水汽，简直是置身波涛中了。这奇异的站立着的波涛啊！"我们算是到过瀑布里面了。"一个西班牙人说。

啊！崩落了还在奔跑的雪原！要把我们带到哪里去呢？我伸出手，想和瀑布巨人握一握，他却置之不理。又是一阵水浪浇来。"快走，请快走。"管理栈桥的人说，他的声音在雷鸣般的轰响中消失了。

我又伸出手来，抓住一捧水。水从指缝间漏出了，尼亚加拉大瀑布的雄姿却永不会从我的记忆里筛去。我会永远记住你的伟大精神，你的磅礴气势，你的力量，你的速度！我会永远记住你那如同崩落的雪原般的流水。

下午到山羊岛和附近的三姊妹小岛。在山羊岛北端，可见烟波浩渺的湖面，水鸥点点。岸边树木还绿着，已带些初秋的萧瑟了。它们静静地站着观看水波流去。辉煌的激昂慷慨的乐章结束了，这里是一段慢板，徐缓悠扬。湖水从山羊岛分开，流过各种形状的石头，水清见底，从容不迫。到三姊妹岛时水面很宽，却越流越急。下面便是马蹄瀑布了。绿浪时起，汹涌的水波似乎比我们站的地方还高，它们准备着，准备加入奔落的雪原中去。

据说从加拿大一侧看尼亚加拉大瀑布更为壮观，我想不去也好。生活中美好的事物是没有穷尽的，叹为观止的景色还没有止。留着，让人向往，让人期待，让人悬念。

一九八四年

原载《散文》一九八四年第四期

没有名字的墓碑

——关于济慈

上大学二年级英文课时，教师是英国人。他除文章外还随意讲一些诗。一次曾问我们喜欢哪一家。我立即回答：济慈（一七九五——一八二一）。哪几首呢？《夜莺曲》和《希腊古瓮曲》。当时读书不多，感受却强烈，所以回答爽快。以后见识虽稍广，感觉却似乎麻木多了。常常迟疑，弄不清自己究竟怎么想，更不要说别人了。也许因为诗句本身的力量，也许因为读时年轻，后来的麻木并未侵吞以前的记忆，在杂乱的积累中，济慈的诗句有时会蓦地跳出，直愣愣地望着我。

一九八四年三月中旬，我们从英格兰西南部都彻斯特返回伦敦。进市区后，车子经过一些僻静的街道，停在一座房屋的小绿门前。英国朋友说，济慈在这里住过，《夜莺曲》就是在这里写的。我们没有提过要参观济慈故居，大概是贤主人知道我的故居癖吧，顺路便到这里——恰巧不是别人，而是济慈住过的地方。

这是一座小巧舒适的房屋。原属于济慈的好友退休商人查理斯·布朗和布朗的朋友狄尔克。济慈六岁失怙，十一岁失恃。一八一八年他的二弟病逝后，他应邀在这里居住，前后约两年，供济慈使用的是一间卧室、一间起居室。起居室在楼下，有法国式落地窗可以坐看花园。那里现在有绿草地、郁金香和黄水仙。室内书橱中有他同时代人的作品。窗旁有莎士比亚肖像。莎翁是济慈最爱的诗人。无论走到哪里，他都带着莎翁的像和作品。展品中还有他手录的莎翁的诗。卧室的楼上，有带帐幔的床，帐顶弯起如船底，是照那时的样子仿制的。据说济慈病重时，讨厌这帐幔的花样，便总到布朗起居室的长沙发上休息。底层还有一间他自己用的小厨房，石壁石槽，阴冷潮湿，看去一点引不起家庭的温馨感觉。

济慈短促的一生实在没有尝过多少人间的温馨。他孤身一人，无依无靠。虽然有友谊的支持，但总还是寄居。经济拮据，又不断生病。贫病交加，那日子也许非亲自经历不能体会。他为了生计，在一八一九年底曾谋求外科医生职位，他以前学过医。布朗劝他继续写诗，并借钱给他维持生活。

一八一九年四月，布劳恩一家租住了这房子属于狄尔克的一部分。济慈和布劳恩家长女凡妮感情日笃。这一年的春和夏，大概是诗人最幸福的日子吧，五月一个清晨，他在这个花园里写出《夜莺曲》。那时这里还是个小村庄，这一带名为汉普斯德荒原，可以想见其自然景色。除《夜莺曲》一首外，《致赛琪》《忧愁》和他诗歌的顶峰《希腊古瓮曲》都是这时写出的。

　　飞呵飞呵　我要飞向你
　　不驾酒神的车
　　而是凭借看不见的诗翼

在《夜莺曲》中，济慈凭借诗的翅膀，同夜莺的歌声一起高高飞翔，展开丰富的想象。他要飞离人世的痛苦和煎熬。他在温柔的夜色中感到许多美丽的花朵，在夜莺狂喜的歌声中，死亡也变得丰富甜美。然而歌声远去了，留下的只有孤独。

据记载，一八二〇年春，有人看见济慈坐在小村外，对着眼前的自然景色痛哭。哪一位诗人不爱家乡、祖国，不爱家乡的田野、树木、溪水、花朵，不爱亲人朋友，不用心全力拥抱生活？在自己不得不离开时，哭，恐怕也减轻不了他的痛苦吧。

老实说，去英国时，想到的都是小说家，还有一个莎士比亚。压根儿没有想起济慈。他的故居也不像勃朗特姊妹故居和哈代故居那样有当时的气氛。但去过后，车子驶过越来越繁华的街道，他的两句诗忽然闪出，直愣愣看着我：

> 美即是真，真即是美——这就是
> 你们在地上所知和须知的一切。

如何解释这两句诗，已经有连篇累牍的文章。我当时联想到他不幸的一生，只有一声叹息。

三月二十三日我们到诗会做客。诗会是诗歌爱好者自己组织的团体。我们的老诗人方敬把另一位老诗人卞之琳翻译的一本《英国诗选》送给他们。他们十分高兴，建议选一首来朗读。这首诗恰又是济慈的《希腊古瓮曲》。诗会的前任会长，一位退休的中学校长朗读英文原诗，由我念卞译中文诗。

> 听见的乐调固然美，无从听见的却更美；——

我听着老人轻微而充满感情的声音，心里知道他是怎样热爱诗，又怎样热爱济慈的诗。

> 呵，幸福的幸福的枝条！永不会
>
> 掉叶，也永远都不会告别春天
>
> 幸福的乐师，永远也不会觉得累
>
> 永远吹着曲调，又永远新鲜

我念中文诗时，觉得卞先生的译文真是第一流的。我的"朗诵"虽未入流，但我相信如果济慈听见，一定高兴。

回想他的故居展品中，有一个石膏面像，说是他死后从他脸上做出来的，看着想着都很不舒服。据说经过解剖，发现他的肺已经一塌糊涂，医生很奇怪他居然用这样的肺活了那么长。他是顽强的人，不顽强是无法作诗的。

一八二〇年秋，济慈的病日益严重。医生说只有到意大利过冬才有救。英国天气阴冷，一百多年前没有很好的取暖设备，的确不利于有病之身。我这次到英国一行，才懂得为什么英国小说里有夏天生火取暖的描写。九月十三日，济慈离开伦敦。船经都赛时，他曾上岸，最后一次站在英国的土地上。回到甲板后，眼看英格兰在眼前慢慢消失，他把自己的一首诗《明亮的星》写在随身携带的莎士比亚诗集里，在《一个情人的抱怨》旁边。这手迹陈列在他故居中，字迹秀丽极了。

意大利的天气没能救他。一八二一年二月二十三日，他终于告别人世，再也不能回到他爱的土地，想来那美丽的风光一直印刻在他心中吧。再也不能见到他爱的人，她戴着他赠予的石榴石戒指一直到死。

两天后他葬在罗马新教徒墓地。照他自己的安排，墓碑上没有名字，只有他自己选的一句话：

这里长眠的人

他的名字写在水里。

一九八四年四月下旬

原载《北京文学》一九八四年第六期

看不见的光

——弥尔顿故居及其他

这座小屋是约翰·弥尔顿一六〇八年到一六七四年间住过的，至少有三百余年历史了。据说有一部分重修过，还时常修葺，所以不很破旧。但那砖砌的烟囱和窄窗都表现出它的古老。低矮的门，狭窄的门道，不大的房间，这就是二十年奔走革命以后弥尔顿老人活动的场所。进门左手一间是从前的厨房，壁炉里吊着旧式的锅、壶等，吊杆上有很多锯齿，可以移动容器，掌握离火的远近，还有个像大钟似的烤炉，很有田舍风味。右边一间是从前的起居室，现在陈列着弥尔顿的著作。据说老人每天清晨即起，在室内踱步，一面构思，等女儿起身后，便将腹稿口授给女儿笔录。

他四十四岁双目失明，在黑暗中过了二十年。他的伟大诗篇《失乐园》《复乐园》和《力士参孙》都是在这一时期写成的。它们给人怎样灿烂的光辉！有的评论家说，人们常用崇高这一字眼，但真正当得起的，只有很少数的艺术品，弥尔顿的史诗是其中之一。

作为一个诗人，弥尔顿有两个特点，一是有生活，一是有学问。他用一生三分之一的时间参加政治斗争，为国为民也为他的教会，积极反对君主专制。他主张人人生而平等，最先大声疾呼支持处决查理一世。他担任克伦威尔共和国政府的拉丁文秘书，为共和国政府做了很多宣传方面的工作。他在《为英国人声辩正续篇》里说："基督教徒不应有任何国王，既已有了一个，他应是国民的公仆。"他在《失乐园》里歌颂了撒旦反对上帝的斗争，也对后来成为独裁者的克伦威尔有所批评。我想这是他能写出称得上伟大、崇高作品的一个重要原因。

弥尔顿的政治生活使他取得直接的经验，他的博览群书使他取得间接的经验。《失乐园》里有这样三行诗：

途中，它（按：指撒旦）降落在塞利卡那，

那是一片荒原，那里的中国人推着轻便的竹车，靠

帆和风力前进。

杨周翰先生从这三句诗出发，写了一篇文章《弥尔顿〈失乐园〉中的加帆车》，文中论及知识与创作的关系，说弥尔顿的学识使他的作品获得"高致"。"高致"是看不见的，也不是立竿见影能得到的。只能在读万卷书，行万里路中渐渐地"高"起来。"读万卷书，行万里路"这八个字不知出自何典，它形象地说出生活和学识对于创作的必要性。

小屋外是普通小花园，整洁宜人。这一切都由一个"房客"照管。这是英国管理故居的办法之一。由一家居住，也由这一家负责维护、接待参观。楼上原为弥尔顿卧室，现因这家主妇生产，参观者不准上楼。

我在小园中少立,觉得屋内外都给人寥落凄清之感。比较起来,弥尔顿的知音比勃朗特姊妹少得多了。也许最好的艺术总是曲高和寡?也许他太古老了?也许诗歌本身总是更受语言限制,不易翻译,不易理解?老实说,我就只读过《失乐园》的片段,还不是很认真,更不要说他的其他诗作。但是他的革命精神,他的政治活动,他的学识都融会在他的诗里,发出看不见的光。他在英国文学史上的地位是不朽的。

这次带我出游的主人是三十多年前我在南开大学读书时的老师,刘荣恩贤伉俪。三十多年前他们离开南开后便在英国居住,对英国文化很了解,了解又加上热心,所以弥尔顿故居并非最后一站。再向西行,到一个十六世纪古镇爱默先姆。这是一条很有趣的街,仿佛是故意搭起来拍电影用的。两旁房屋有的不免东倒西歪,但因维修仔细,不显风雨侵蚀的痕迹,好像一张保养得很好的老人的脸。那大车店的窗户依旧是古式样,黑框白底涂抹分明。门很宽,敞开着,似乎随时会有驿车进来。它使我想起我们涿鹿县的大车店,那门也是这样的,二十五年前我还坐在马车上出入过。这里房屋不高,小门临街,以前都是黎民百姓的住所,现在据说租金越来越贵。街中有一座两层的石建筑,有柱无墙,是当时的粮食市场。主人引我进了旁边一个黑洞洞的门,里面弯弯曲曲有店铺。我们到一个香草店,店里全是各样加工过的香花香草,幽香沁人。据说现在又时兴用香草了,想是香水不够古雅吧。店主人是胖胖的妇女,知道我从中国来,立刻说她的叔叔到过中国,还上过万里长城呢。这样的寒暄我遇到多次了,很抱歉,我总怀疑他们当时是打仗去的。不过现在的笑容很是诚恳热情,不该勾起往事。最主要的是,我们自己已经不是一盘散沙,不可轻侮了。我们这东方的巨龙正奋力摆脱贫穷和愚昧的泥潭。因为坐在巨龙背上，世界对于我，才是一个自由的地方。

我们带着满身幽香到一个小饭馆吃饭。店门外有一株杨柳，就凭这一株柳树，店名就叫"杨柳"。店很小，但一进门便看见壁炉里烧得正旺的火，满屋暖洋洋的。那生菜真好。现在回想，店主人该把苔丝德蒙娜的"杨柳歌"贴在墙上作为装饰的。

英国有这个特点，到哪儿总能找出点古迹。他们深以悠久深厚的文化传统自豪，不遗余力地保护称得上是古迹的一切。从前有人说，英国人善于用旧瓶装新酒，中国人善于用新瓶装旧酒。他们的"新"，想是指资产阶级革命而言，现在也不见得新。我们的"旧"，想是指封建主义而言，也总该换掉了。人不能把自己束缚在过去。过去应该像弥尔顿的生活底子和学识一样，要在这上面写出伟大的史诗来，发出看不见的光。

归途中又下雨了，绿色的田野在薄暮的朦胧里，随着山坡起伏。弥尔顿故居的小村在田野间，很快就看不见了。

一九八四年五月

原载《花城》一九八四年第六期

他的心在荒原

——关于托马斯·哈代

在英格兰西南部都彻斯特博物馆中，有一个小房间，参观者只能从窗口往里看。我们因为是中国作家代表团，破例获准入内。

这是托马斯·哈代（一八四〇——一九二八）的书房，是照他在麦克斯门家中的书房复制的。据说一切摆设都尽量照原样。四壁图书，一张书桌，数张圈椅。圈椅上搭着他的大衣，靠着他的手杖。哈代的像挂在墙上，默默地俯视着自己的书房和不断的来访者。

他在这样一间房间里，就在这张桌上，写出许多小说、诗和一部诗剧，桌上摆着一些文具，还有一个小日历。日历上是三月七日。据说这是哈代第一次见到他夫人的日子，夫人去世以后，哈代把日历又掀到这一天，让这一天永远留着。馆长拿起三支象牙管蘸水笔，说哈代就是用它们写出《林中人》《德伯家的苔丝》和《无名的裘德》。

书架上有他的手稿，有作品，还有很多札记，记下各种材料，厚厚的一册册，装订得很好。据说这一博物馆收藏的哈代手稿最为丰富。馆长打开一本，是《卡斯特桥市长》，整齐的小字，涂改不多。我忽然想现在有了打字机，以后的博物馆不必再有收藏原稿的业务，人们也没有看手稿的乐趣了。这手稿中夹有一封信，是哈代写给当时博物馆负责人的。大意说：谢谢你要我的手稿，特送上，只是不一定值得保存。何不收藏威廉·巴恩斯的手稿？那是值得的！这最后的惊叹号给我的印象很深。时间过了快一百年，证明了哈代自己的作品是值得的！值得读，值得研究，值得在博物馆特辟一间——也许这还不够，值得我们远涉重洋，来看一看他笔下的威塞克斯、艾登荒原和卡斯特桥。

　　威廉·巴恩斯是都彻斯特人，是这一带的乡土诗人。街上有他的立像。哈代很看重他，一九〇八年为他编辑出版了一本诗集。哈代自己在某种程度上也可以说是乡土作家。可是他和巴恩斯很不同。巴恩斯"从时代和世界中撤退出来，把自己包裹在不实际的泡沫中"，而哈代的意识"是永远向着时代和世界开放的"（乔治·伍得考科：《企鹅丛书·还乡》序）。

　　一九一二年哈代自己在"威塞克斯小说"总序中说："虽然小说中大部分人所处的环境限于泰晤士之北，英吉利海峡之南，从黑令岛到温莎森林是东边的极限，西边则是考尼海岸，我却是想把他们写成典型的，并且在本质上属于任何地方，在那里'思想是生活的奴隶，生活是时间的弄人'。这些人物的心智中，明显的地方性应该是真正的世界性。"哈代把他的具有浓厚地方色彩的十四部长篇小说、四部短篇小说集总称为"威塞克斯小说"，但是这些小说反映的是社会，是人生，远远不只是反映那一地区的生活。小说总有个环境，环境总是局限的，而真正的好作品，总是超出那环境，感动全世界。

哈代的四大悲剧小说，《还乡》《德伯家的苔丝》《卡斯特桥市长》和《无名的裘德》，就是这样的小说。我在四十年代初读《还乡》时，深为艾登荒原所吸引。后来知道，对自然环境的运用是哈代小说的一大特色，《还乡》便是这一特色的代表作。哈代笔下的荒原是有生命的，它有表情，会嚷会叫，还操纵人物的活动。它是背景，也是角色，而且是贯穿在每个角色中的角色。"英国文学鸟瞰"一类的选本常选《还乡》开篇的一段描写：

> 天上悬的既是这样灰白的帐幕，地上铺的又是那种最苍郁的灌莽，所以天边上天地交接的线道，划分得清清楚楚。……荒原的表面，仅仅由于颜色这一端，就给暮夜增加了半点钟。它能在同样的情形下，使曙色迟延，使正午惨淡；狂风暴雨，几乎还没踪影，它就预先现出风暴的阴沉面目了；三更半夜，没有月亮，它更加深那种咫尺难辨的昏暗，到了使人发抖、害怕的程度。

今天看到道塞郡的旷野，已经很少那时一片苍茫、万古如斯的感觉了。英国朋友带我们驱车往荒原上，地下的植物显然不像书中描写的那样郁郁苍苍，和天空也就没有那样触目的对比。想不出哪一个小山头上是游苔莎站过的地方。远望一片绿色，开阔而平淡。哈代在一八九五年写的《还乡》小序中说，他写的是一八四〇年到一八五〇年间的荒原，他写序时荒原已经或耕种或植林，不大像了。我们在一九八四年去，当然变化更大。印象中的荒原气氛浓烈如酒，这酒是愈来愈多地掺了水了。也许因为原来那描写太成功，便总觉得不像。不过我并不遗憾。我们还获准到一个不向外国人开放的高地，一览荒原景色。天上地下只觉得灰蒙蒙的，像里面衬着黯淡，黯淡中又透着宏伟，还显得出这不是个轻松的地方。我毕竟看到有哈代的心在跳动着的艾登荒原了。

我们还到哈代出生地参观。经过一片高大的树林，到一座茅屋。这种英国茅屋很好看，总让人想起童话来。有一位英国女士的博士论文是关于北京四合院的，也该有人研究这种英国茅屋。里面可是很不舒适，屋顶低矮，相当潮湿。这房屋和弥尔顿故居一样，有房客居住，同时负责管理。从出生地又去小村的教堂和墓地——斯丁斯福墓地。哈代的父母和妻子都葬在这里。

葬在这里的还有哈代自己的心。

墓地很小，不像有些墓地那样拥挤。在一棵大树下，三个石棺一样的坟墓并排，中间一个写着"哈代的心葬于此"。这也是他第一个妻子的坟墓。

据说哈代生前曾有遗嘱，死后要葬在家乡，但人们认为他应享有葬在西敏寺的荣耀。于是，经过商议，决定把他的心留在荒原。可是他的心有着很不寻常的可怕的遭遇。如果哈代自己知道，可能要为自己的心写出一篇悲愤的，也许是嘲讽的名作来。

没有人能说这究竟是不是真的，但是英国朋友说这是真的——我倒希望不是真的。哈代的遗体运走后，心脏留下来由一个农夫看守。他把它放在窗台上，准备次日下葬。次日一看，心不见了，旁边坐着一只吃得饱饱的猫。

他们只好连猫一起葬了。所以在哈代棺中，有他的心，他的夫人，还有一只猫！我本来是喜欢猫的，听了这个故事以后，很久都不愿看见猫。但是哪怕是通过猫的皮囊，哈代的心是留在荒原上了，和荒原的泥土在一起，散发着荒原的芬芳，滋养着荒原的一切。

关于哈代作品的讨论已是汗牛充栋，尤其是其中悲观主义和宿命论的问题。他的人物受命运小儿播弄，无论怎样挣扎，也逃不出悲剧的结局。好像曼斯菲尔德晚期作品《苍蝇》中那只苍蝇，一两滴墨水浇下来，就无论怎样扑动翅膀，都再也飞不出墨水的深潭。哈代笔下的命运有偶然性因素，那似乎是无法抗拒、冥冥中注定的，但人物的主要挫折很明显是来自社会。作者在《德伯家的苔丝》中有一段议论，说："将来人类文明进化到至高无上的那一天，那人类的直觉自然要比现在更敏锐了，社会机构自然要比掀腾颠簸我们的这一种更密切地互相关联着的了。"他也希望有一个少些痛苦的社会。苔丝这美丽纯洁的姑娘迫于生活和环境，一步步做着本不愿意做而又不得不做的事，一次次错过自己的爱情，最后被迫杀人。这样的悲剧不只是控诉不合理的社会，在哈代笔下，还表现了复杂的性格，因为你高尚纯真，所以堕入泥潭。哈代把这一类小说命名为"性格和环境小说"。在性格与环境冲突中（不只有善与恶的冲突，也包括善与善的冲突），人物一步步走向死亡。这正是黑格尔老人揭示的悲剧内容。

我们经过麦克斯门故居，因为不开放，只在院墙外看见里面一栋不小的房屋，那是哈代从一八八三年起自己修建照料的——他出身于建筑师家庭，自己也学过建筑。他于一八八五年迁入，直到逝世。据说现在有人住，真不知何人胆敢占据哈代故居！

　　这次参观的最后一站是有名的悬日坛，这是一望无际的旷野上的大石群。据说是史前两千八百年左右祭祀太阳的庙。一块块约重五十吨的大石，有的竖立，有的斜放，有的平架在别的大石上，像是这里曾有一个宏伟的巨人，现在只剩了骨架。冷风从没遮拦的旷野上四面刮来，在耳边呼呼响，好像不管历史怎样前进，这骨架还在向过去呼唤。

　　我站在悬日坛边，许久才悟过来这就是苔丝被捕的地方。她在后门中睡着了，安玑要求来人等一下，他们等了。苔丝自己醒了，安静地说："我停当了，走吧！"这些经历了数千年风雨的大石当然知道，在充满原始粗犷气息的旷野上，像苔丝这样下场的人，不止一个。

　　我的大学毕业论文是以哈代为题的，那是三十五年前的事了。那时我以为哈代的作品并非完全是悲观的，它有希望。举的例子是《德伯家的苔丝》这本书中最后安玑和苔丝的妹妹结合，这表示苔丝的生命的延续，她自己无法达到、无法获得的，她的妹妹可以达到、获得。最近听说很多本科生研究生都以哈代为题做论文，以至关于哈代的参考书全部借完。其中有我的一位青年朋友。他深爱哈代，论文题目是关于《德伯家的苔丝》的。他以为安玑和丽沙·露的结合是安玑对苔丝的背叛，表明人性不可靠。有些评论也持此观点。我则还是坚持原来的看法。哈代自己在《晚期和早期抒情诗集》序中很明确地说过："我独自怀抱着希望。虽然叔本华、哈特曼及其他哲学家，包括我所尊敬的爱因斯坦在内，都对希望抱着轻蔑态度。"他还在日记中说："让每个人以自己的亲身生活经验为基础创造自己的哲学吧。"哈代自己创造的是有希望的哲学。他在作品中对资本主义社会的批判是无情的，但他给人留下的是生活中的希望。

关于悲观、乐观的问题，哈代还说他所写的是他的印象，没有什么信条和论点。他说：这些印象被指控为悲观的——这似乎是个恶谥——很为荒谬。"很明显，有一个更高级的哲学特点，比悲观主义，比社会向善论，甚至比批评家们所持的乐观主义更高，那就是真实。"

能仔细地看清真实需要勇气和本事，看清了还要写出来，需要更大的勇气和本事。哈代因写小说被人攻击得体无完肤，《无名的裘德》还被焚毁示众。有人说他因此晚年改行写诗，也有人说改行是因家庭原因。我以为他一直想写诗，在写小说时，常有诗句在他心中盘旋，想落到他笔下，他便也分给诗一些时间。他也可能以为诗的形式更隐蔽，能说出他要说的话。事实上，他从年轻时就一直断断续续在写诗。

回伦敦后，从访古改为访今了。我却还时常想起都彻斯特小城，星期天商店全关门，非常安静。旅馆外不远处斜坡下有那样一幅画面：一座英国茅舍，旁边小桥流水，还有一轮淡黄色的圆月，从树梢照下来。我曾想哈代的铜像应该搬到这里。他现在大街上坐着，虽然小城中人不太多，也够吵闹的了。后来得知这茅舍有个名称，是"刽子手宅"。便想幸好哈代生在近代，生前便能知道得葬西敏寺（其实诗人角拥挤不堪，不如斯丁斯福墓地多矣），若在中古，难免会和刽子手打交道。

"如果为了真理而开罪于人，那么宁可开罪于人，也强似埋没真理。"这是哈代在《德伯家的苔丝》第一版导言中引的圣捷露姆的话。看来即使他有着和刽子手打交道的前途，也还是不会放下他那如椽的大笔的。

哈代出生地展有世界多国译本，但是没有来自中华人民共和国的中文译本，回来后托人带去一本《远离尘嚣》。这篇小文将成时，收到都彻斯特博物馆馆长彼尔斯先生来信，他要我转告我的同行，他们永远盼着有欢迎中国客人的机会。

应该坦白的是，在博物馆中，我把哈代的手杖碰落了两次。也许是不慎，也许是太慎。英国朋友说哈代当然不会在乎。不过我还是要向他和全世界热爱他的读者道歉。

一九八四年五月下旬
原载《人民文学》一九八四年第四期

在黄水仙的故乡

近年从外面旅行回来，常有一句问话在等着：你印象最深的是什么？这次归自伦敦，不必等问，我逢人便说，印象最深的是黄水仙，那在绿草地上轻轻摇摆着的、明亮的黄水仙。

最初见到这花是在英国朋友家里，是栽在盆中的。"这就是华兹华斯所写的黄水仙。"她指给我们看。只见一丛黄色的花，花瓣形状有些像养在水中的中国单瓣水仙，然而大得多，整个花朵犹如饮黄酒用的大酒杯，在窗台上安静地垂着头，似乎并没有什么特别出色之处。

根据记忆中的诗句，这花应该是"一眼望去千万朵，摇着头儿舞婆娑"的。花盆里、窗台上，显然不是它应该居住的地方。

伦敦已经没有人为的雾。但因天气阴晴不定，时常飞雨飘忽，景色远望总有些朦胧，好像一幅幅水墨濡染的画，颇有我国江南韵味。市内有几处公园，在淡淡的朦胧中，那大片草地总像刚经过细雨浇洗，绿色中常有一小块鲜亮的黄，驱车来去经常看见。"那是黄水仙。"大家指点说，只是没有停下来看过。

和北京的春天特别短相反，英格兰的春天特别长。晴晴雨雨，迟迟疑疑，乍暖还寒。一天到白金汉郡的一所大宅去参观，这座宅子名为沃德逊府，原属私人，现已交国家。看完外面巍峨的众多尖顶，里面豪华的复杂陈设，便往它所属的园地走去。经过鸟厅、玫瑰亭，又经过一种软皮的大树，我们来到一个长满绿草的山坡。满眼的绿十分滋润丰满，又像是刚下过雨。走着走着，我忽然觉得眼前一亮。

草地上好大一片黄水仙！它们随着微风轻快地摇摆。简直分不清一朵朵花，只觉一片跳动着的嫩黄，让人眼亮心明。它们好像冷不防把景物中那点朦胧揭去了，告诉人们，不管怎样乍暖还寒，看，明媚的春天在这里呢！

> 我看着，看着，竟没有想到
> 这景象带给我怎样的珍宝。

又是华兹华斯的诗句。对每一个作者来说，他的所见所闻不知什么时候会给作品添上胜过珍宝的光辉。对于每一个看花人来说，自然的生命的欢乐又是艺术的力量比不上的。这后一点也许需要存疑，或者说对作者是一种鞭策。

以后在格林尼治公园、克有皇家公园都看到大片黄水仙翩跹起舞，每次都使我惊喜。这大片的花总少不了更大片的绿草地做背景，使人于惊喜中又感到开阔而踏实。同伴们回国后，我独自留在伦敦。每天走约二十分钟的路去乘地铁，到大英图书馆看书。二十分钟的路，一路都是住宅。每座房屋前空地不大，但都整治得很好，种着各种花草，其中当然少不了黄水仙。它们一丛丛站在绿草间，调皮地把头歪来歪去。

英国人喜欢黄水仙是无疑了，有华兹华斯的诗为证。它一定也是容易种的，才这样随处可见。它很普通，绝不孤芳自赏。每一棵每一朵都很平淡，但是成为一大片时却那样活泼，那样欢乐，那样夺目，又那样朴素。它们形成群体时才充分显示出自己这一种花的美。它们每一朵每一棵都互相依靠，而且紧挨着绿草地的胸怀。

　　一眼望去千万朵

　　摇着头儿舞婆娑

美丽的黄水仙，这时想已谢了。

一九八四年五月初

原载《上海文学》一九八四年第十期

三峡散记

我所见的三峡，从中峡巫峡始。

船从汉口开。那一天天色灰蒙蒙的，水色也灰蒙蒙的。在一片灰蒙蒙之间，长江大桥平静稳重地跨在龟蛇二山上，古色古香的黄鹤楼和现代化的二十层的晴川饭店遥相对峙。水面上忽然闪出一道亮光，摇着、跳着，往船头方向漾开去，一直到大桥那一边。原来云层里透出小半个灰白的太阳来。

船开了，追着水面跳荡的远去的阳光开行了。

大桥看不见了。两岸房屋越来越少，江面越来越宽，有一道绿边围着。极目前方，出口很窄，水天相接，长江从窄窄的天上流过来。等船驶近，原来也是十分宽阔。窄窄的水天相接的出口又移到远处了，于是又向前去穿过那窄的出口。

船行的次日中午过沙市，停四五个小时又起锚。直到黄昏，还是原野平阔，江流浩荡，暮色中更显得浑重。我想不出三峡是怎样开始的，便去问过来人。据说山势逐渐高起，过了宜昌才见分晓。日程表上写明第三日七时左右到下峡西陵峡，尽可放心休息。

半夜两点多钟，一阵喧闹的人声、哨声和拖铁链的声音把我惊醒。从窗中看出去，只见一堵铁壁挡在眼前，几乎伸手便可摸到。"到葛洲坝了!"我猛醒，连忙起身出房。只见甲板上灯火辉煌，我们的船在船闸里。上下四层的船不及闸墙三分之一高，抬头觉得闸顶很远，那一块黑漆漆的天空更远。人们从船头走到船尾，又从船尾走到船头，互相招呼："要放水了!""要开闸了!"据说闸门每扇有两个篮球场大。等到船闸停满了船只，便开始放水。眼看着我们的船向上浮升，一会儿工夫，已不用仰望闸顶，只消平视了。紧接着闸门缓缓打开，"扬子江"号破浪前行，黑夜间，觉得风声水声灌满两耳。站在船尾看时，璀璨的葛洲坝灯火渐渐远去，终于消失在黑暗里。我心中充满了对人——我的同类的无限敬仰之情。只因有了人，万物之灵长的人，万物本身，包括这日夜奔腾不息的长江，才有各自的意义。

我自己却是愚蠢之物，过分相信日程表，以为离七点钟尚早，便又回房。等我再出来时，两岸有丘陵起伏，满心以为要到三峡了，不想伙伴们说："西陵峡已经过了! 屈原和昭君故里都过了!"

我好懊恼。"百里西陵一梦中。"我说。

可是没有时间懊恼或推敲诗句。船左舷很快出现一座山城，古旧的房屋依山势而建，层层叠叠，背倚高山，下临江水，颇为神秘。这是寇莱公初登仕途，做县令的地方。大江东流，沿岸哺育了多少俊杰人物，有名的和无名的，使人在山水草木城郭之间总有许多联想。不只是地理的，而且是历史的，这是中国风景的特色。

天还是灰蒙蒙的，雨点儿在空中乱飞，据说这是标准的巫峡天气。我们在云雾弥漫中向前行驶，忽然面前出现两座奇峰，布满树木，呈墨绿色。江水从两山间流来，两山后还有山，颜色淡得多，披云着雾。江水在这山前弯过去了，真不知里面有多深多远！这就是巫峡东口了，只觉得一派仙气笼罩着山和水。人们都很兴奋，山水却显得无比沉静，像一幅无言的画，等待人走进去。

船进入巫峡，江流顿时窄了许多。两岸峭壁如同刀削，插在水里。浑浊泥黄的江水形成了一个个小漩涡，从船两边退去，分不清究竟向哪个方向流。面前秀丽的山峰截断了江流，到山前才知道可以绕过去。绕过去又是劈开的两座结构奇特的山峰，峰后云遮雾掩，一座座峰颜色越来越淡，像是墨在纸上渗了开来。大家惊异慨叹，不顾风雨，倚在栏边，眼睛都不敢眨一眨。我望着从船旁退去的葱葱郁郁的高山，真想伸手摸一摸。这山似乎并不比船闸远多少。

据说神女峰常为云雾遮蔽，轻易不肯露面，人们从上船起便关心是否有缘得见。抬头仰望，只觉得巉岩绝壁压顶而来，令人赞叹之间不免惶悚。一个个各种名目的峡过去了，奇极了，也美极了。冷风挟着雨滴和山水一起迎接我们的船。"快看，快看！"大家互相指着叫着。"看到了！看到了！"看到的舒一口气，没看到的懊丧地继续抻长脖子。

我看到了。我早就知道神女会见我的。那山峰本来就峻峭秀奇，在云雾中似乎有飞腾之势。就在峰顶侧，站着一个窈窕女子，衣袂飘飘，凝视远望。怎能相信她是块石头！再一想，她本是块石头，多亏了人，才化为仙女，得万人瞻仰；才有她的事迹，得千古流传。薄薄的淡灰色的云纱缠绕着仙女和峰顶，云和山一起移动，人们回头看，再回头看，看不见了。

快到巫山时，一只货船自上游疾驶而下，船上人大声喊着，听起来像歌一样萦绕在峡谷中。临近时才听清他喊的是"道谢了！道谢了!"原来是大船为免小船颠簸，放慢了速度。

"道谢了！道谢了!"喊声随着船远去了。忽然想起《水经注》上对巫峡的总结："巴东三峡巫峡长，猿鸣三声泪沾裳。"现在没有猿啼了，却有人的喊声在峡谷中撞击，充满了和自然搏斗的欢乐。

过了巫山县，驶过黛溪宽谷，便是上峡瞿塘峡。上峡只有八公里，仍是高山重嶂断岸千尺，很是雄浑壮伟，只不如中峡灵秀。出夔门时，据说滟滪堆就在脚下，还有传说为八阵图的礁石也炸掉了。人，当然是要胜过石头的。

五月四日上午到重庆。距一九四六年过此地，已是三十九年了。当时全家六人，如今只余其半。得诗一首志此："四十年前忆旧游，曾怀凤约在渝州。雾浓山转疑无路，月冷波回知有秋。似纸人情薄不卷，如云往事散难收。恸哭几度服缟素，销尽心香看白头。"

这里不仅是"人非"，物也大大变迁了。夜晚在码头候船，江中也有万家灯火，大小船只密密麻麻，好一派热闹气象。这晚皓月当空，距上次见此山城月，已近五百回圆了。

五日从重庆返回，顺江而下。次日上午到奉节停泊，由一小汽船带一座船，载我们到上峡中风箱峡看纤道。小船行驶在长江里，两岸的山显得格外高，直插入云，水中漩涡急转，深不可测。船行近一座峭壁，只见山侧有一道凹进去的沟，那就是从前的纤道了。《水经注》载，过三峡下水五日，上水百日，可见其难。五十年代初上水还需半个月，也是人力为主。登石阶数百，我们站在纤道上，头顶山崖几乎不能直立。想当初拉纤人便是这样弯着身子逆水拖船的。此时我们没有了船的支撑，山势更显雄伟，脚下急流滚滚，真觉得个人不过渺如沧海之一粟。从峡口望进去，可以看到六层山色，最近的是黄，然后是深绿、绿、蓝灰、灰和在江尽处天下边的灰白，灰白后似乎还有什么，每个人可以自己在想象里补充。

回去时，小船正驶在江心，上游飞快地下来了一只货船。船上人高声喊着，还是唱歌一样。忽然一声巨响，小船猛地歪了一下，许多人跌倒了，有的人头上碰出血来。两边船上都惊呼，又有人喊话，寂静的江心一时好不热闹。原来那货船把小汽船和我们的座船之间的缆绳撞断了。那货船仍在喊话，顺着急流转眼就不见了，下水船是停不住的。我们的座船在江心滴溜溜乱转，我正奇怪它到底要往哪边行驶，忽然发现它不能开，只能随旋转的水而旋转，不免心向下一沉。幸亏小汽船及时抛过缆绳，很快调整好了，平安驶回"扬子江"号。回船后大家都有些后怕，座船上没有任何工具，若冲下去，只有撞在礁石上粉身碎骨了。想来江流吞没的英雄好汉，不在少数。

而吞没的尽管吞没了，几千万年如水流去。人渐渐了解了江河，然而究竟又了解多少呢？

船在奉节停泊了一夜，七日晨又进入三峡。水急船速，中午时分已到了下峡。我因上水时错过了，便一直守在船栏边。一般的说法是上峡雄，中峡秀，下峡险。近年来下峡的巨石险滩多已除去，并无特别险阻之处了。眼前是叠峦秀峰，可以引出各种想象。不可仰视的断岸绝壁上有着斑斓的花纹，有的如波浪，有的如山峦，有的如大幅抽象派的画。繁复的线条和颜色，气势逼人，不可名状。这可以说是西陵峡的特色吧，但是我想不出一个准确的字来概括。大幅绝壁上面是葱葱郁郁的山巅，据说山巅上平野肥沃，别有天地。山水奇妙，真不可思议。

船过秭归、香溪，是屈原、昭君故里。滚滚长江，每一段都有中华民族可歌可泣的历史遗迹，以"扬子江"号的速度，怀古都来不及。而我们的绝才绝色都出于此，也是天地灵秀之所钟了。香溪水斜插入江，颜色与江水截然不同。一青一黄，分明得很。世事滔滔，总有人是在"独醒"的。其实，对于"世事洞明皆学问，人情练达即文章"这两句话，我倒是很佩服。

船驶出西陵峡口，顿觉天地一宽。见峡口两峰并不很高大，这是因葛洲坝使水位提高了。峡口山上有亭台，众人如蚁行其上，显然是一公园。远见大堤拦截，各种横杆竖线，我们又回到了红尘。

峡口两山老实地站在江中，船仍随水东流。我和我的记忆，也随船漂远了。

一九八五年五月下旬
原载《光明日报》一九八五年六月三十日

三访鳌滩

这一段上坡路，似乎是伸向天边。四周荒无人迹，低矮的野生植物覆盖着地面，绿色中点缀着简单的黄与红的花。一到坡顶，天蓦地升高了，推远了。眼前就是大海，灰蒙蒙一片，无际无涯。整个海，像是凝聚着昨天的雨和云，海连着天，天连着海，看不清海天界限。略带腥味的海风挟着涛声阵阵扑面而来，大家兴奋地加快了脚步。

我们站在伸入海中的石头上，左右看去，净是些巨大的礁石。海水漫漫，看不出石头形状。早听说金石滩的礁石不凡，可以想象为古堡龙宫，神怪猛兽——那弯进海中的大石形成一个穹门，被称为通往龙宫的路；又一块大石则是后羿的臂肘，羿射九日后力尽而死，那弯着的臂肘还作拉弓状。

像么？互相问，又迟疑着，不愿回答。

再到这里时是黄昏。我们从两座石山间下到海滩。两座山般的大石，黄绿色的名黄帝石，红褐色的名炎帝石，我们走在中间，便是炎黄子孙了。夕阳从背面反照过来，海上云霭中透出层次不同的红。海滩上静极了，只有我们在走动。我们举目四望，忽然感觉这里似非人境！巨大的、颜色鲜艳的石山默默地压在头顶，面前是大海，左右是奇形怪状、令人生畏的礁石，脚下是晶莹如玉的石子，形成一个奇特的世界。我们在浩漫的大海与压顶的巨石之间，像是一幅雄伟画卷上的几个墨点儿。

"看那大龟！"有人叫。果见海滩另一端有一个硕大无朋的龟，与海中的一个小龟，头对着头，像在互相审视，互相辨认。是小龟在劝说母亲返回大海，还是大龟在召唤儿子上岸休息？鳌滩想因这一石塑而得名了。

海浪仍在一道道向岸边涌来。大海，是不休息的。

"涨潮了。"有人提醒。

海在汹涌，一浪接一浪。每一次海面都升高一些，那些小礁石都已消灭了。我们赶紧向上走，海水在身后赶来，那小龟向下沉了。走到坡顶，我才忽然想到，刚才是站在海里！

又一次去到鳌滩，天还不大亮。远远便见海滩上灯火明灭，是有人用手电筒，在觅取海的赐予。到滩上看时，赶海人深入海中，离岸相当远，灯光一闪一闪，像是大萤火虫。

他们当然都是精通水性的。我却担心：海水仍在声势浩大地向岸上涌来，他们来得及上岸么？水边许多小礁石，如同黑色的小兽蹲伏着。渐渐地，它们的身体露出得越来越多，是向岸上爬过来了？我们惊异地看着。

远处一道白绿，在黑暗中很分明。它滚得很急，奔过来撞到岸上，便消失了。每奔来一次，水面便下落，落得真快！眼见那些小兽爬出水面，眼见那望着母亲的小龟的头离水面越来越高。

我们简直可以追赶海水，和赶海人一起，追进海里去，看看浩瀚的海水落到了哪里，哪里又盛得下这无边的大海。

等潮落尽，又要涨了。涨满了，再落。

我还从未见过这样呼吸着的、活得如此健旺的大海。人说不只因正值望日，且因有礁石的标志，才能清楚地感觉潮的涨落、海的起伏。不管这些礁石是否激发起各种的想象，它已使我更认识了大海，使我在短暂的停留中，经历了沧海桑田的变迁。

大海都有升落，有变迁，人生又怎能常处于一个水平面上呢！

一九八七年七月下旬

原载《人民日报》（海外版）一九八七年八月三十一日

养马岛日出

到海边了，便总惦记着看日出。

最初几日阴雨，天空为云霾锁住，只见海天茫茫，是深深浅浅的灰色。不见太阳，也不辨东西南北。

一天清晨到得阳台上，忽见一侧天边和海面间闪着红光，空中云层后面，有个大红球，那是一轮红日，已经升得很高了。没有多久，便不能逼视。

阳台上看日出，毕竟局促。在告别养马岛的这天，特意到海边去等候。

微弱的晨曦中，树木似醒非醒，海是凝重的灰蓝。昨天还是海面的地方，现在露出高高低低的礁石，线条还不十分清晰。一个小小的人影正在那块伸入海中的大礁石上移动着，他是想上得高些，看得远些。那是我们力所不及的。我们只能循着岸边小路选择了一处开阔的地方，等候那伟大的时刻。

天边有云层围护着。渐渐地，东天红了，由浅到深，红得很朴素。似乎云层后面正在燃烧，却看不出那中心在哪里。我们凝望天边，不敢眨一眨眼睛。忽然有一条鱼从水上跳出，接着又是一条，似乎也在盼着太阳。

"快看！快看！"我们彼此叫着，只见云层后面陡然出现一个小红球。那是太阳！那是燃烧的中心。太阳在云霞围绕中跳出了海面！云霞红得耀眼，一条光闪闪的红柱从水面拖过来，每一道水波都发着红光。

这一带几个海岛上都有三官庙，渔民们奉祀天、地和水。我和他们一样，觉得一切是这样神圣。我心中充满感激，感激天有日月、地有泥土，感激太阳辛勤地出没、大海不息地涨落。希腊神话中的日神阿波罗每天驱赶着金色的马车向天上驶去时，是否想到地上水中的生灵在顶礼膜拜？

太阳不停地上升，愈来愈大，水面红柱愈来愈宽而长。终于成为一片落进海水的灿烂的彩色。太阳的红反而淡下来，变成白亮的强光，使我们转过头去。

太阳出来了，新的一天开始了。

太阳是我们的。

一九九四年七月二十一日

原载《胶东文学》一九九四年九月号

三千里地九霄云

　　我在记忆之井里挖掘着，想找出半个多世纪以前昆明的图像。在那里，我从小女孩长成大姑娘，经历了我们民族在二十世纪中的头一场灾难，在亡国的边缘上挣扎，奋起。原以为一切都不可磨灭，可是竟有些情景想不起来，提笔要写下昆明的重要景色——白云时，心中只有一个抽象的概念：昆明的云很美。

　　只有概念，没有形象，这让我觉得可怕，仿佛眼前是个无底的黑洞，把所有的图像都吸进去了。

　　我记得那蓝天，蓝得透明，蓝得无比。我在《东藏记》开头写着："昆明的天，非常非常地蓝。只要有一小块这样的颜色，就会令人惊叹不已了。而天空是无边际的，好像九天之外，也是这样蓝着。蓝得丰富，蓝得慷慨，蓝得澄澈而光亮，蓝得让人每抬头看一眼，都要惊一下，'哦！有这样蓝的天！'"

　　蓝天上有白云，我记得的。可是云在哪里？我必须回昆明去，去寻找那离奇变幻的白云，免得我心中的蓝天空着，免得我整个的记忆留下缺陷。

　　于是我去了，乘汽车，乘飞机，倒也简单。一路上想，古人为鲈鱼辞官不做，若是现在，可以回乡享受了鱼宴再出来宦游，岂不两全？然而也就没有那弃官爵如敝屣的佳话了。

飞机沿西线飞，经太原、西安、重庆，到昆明坝。它穿过云层，沿着山盘旋，停在四围青山之间。

飞过了两千多里。若是走路，岂止三千里。为了那虚幻的云。

我站在昆明街角上了。头上蓝天似不如记忆中那样澄澈，似调了一点银灰或乳白。这是工业发展的效果。

天公为迎接我，在这一片不算宽阔的蓝天上缀满了白云。

昆明的云，我久违的朋友！我毫不费力地发现我的朋友们的与众不同处，他们也发现了我，立刻邀我进入云的世界。这一朵如山峰，层峦叠嶂，厚薄相接处似有溪流落下。那一朵如树丛，老干傍着新枝。这一朵如花苞，花瓣似张未张。那一朵如小船，正待扬帆起航。只一会儿工夫，这些图景穿插变幻，汇成一片，近处如积雪，远处如轻纱，伸展着，为远天拦上一层帷幔。

忽然落下雨点儿，紧接着就是一阵急雨。人们站在街旁店铺的廊檐下。一个水果担子在我身旁。

"你家可买梨？宝珠梨。尝尝看。"挑担人标准的昆明话使我有余音绕梁之感。那是乡音！宝珠梨在记忆中甜而多汁，是名产。据说现在已经退化了，人们在培养新品种。我摇摇手，用乡音对答："梨么不要。你家说的话好听呢好听。"挑担人不解地望着我。那是典型的云南人的脸，这张脸在我的记忆之井中激起了许多玲珑的水泡，闪着虹的光亮。

雨停了，挑担人拢好箩筐上的绳索，对我笑笑。"要赶二十里路回家咯。"他向街的一头，十字路口走去，那里从前是城门。

雨后的天空，又是云的世界。我走几步便抬头，不免东歪西倒，受到"不好好走路"的责备。于是便专心走路，回想着白云下的宝珠梨担子，那陌生又熟悉的脸庞和天上的白云。

几天后，朋友们安排我去石林附近的长湖。五十年前，我曾到过那里。当时的长湖藏匿在茂密树木中，踏过曲折的石径，站到湖边时，会觉得如同打了一针镇静剂，一切烦恼不安都骤然离去，只有眼前的绿和绿意中水波的明亮，把人浸透了。我曾把这小小的湖列于西湖、太湖之上，因为它不是一般的风景，而是一种心灵的映照。

不料这一次我们驱车往路南尾泽乡，所遇震撼全在长湖之外。再没有坎坷不平的泥路，再没有背上放着木架的小马，有的是上上下下都十分平坦的公路，车子驶过，没有一点颠簸。行到高处，忽见前面豁然开朗，大片蓝天之上，有白云的图案，如一幅抽象派的画，不写真，不状物，只是一团团，一块块，一层层，卷着滚着，又在邀人进入云的世界。"昆明的云！"我叫起来，真想跳离了车子，扑到天边去！车行急速，转眼掀过了这一幅图画，眼前是无比真实的土地，鲜红色的土地，红土地！

红土地连着绿林，红土地连着蓝天，红土地连着白云！我亲爱的云南的土地！多少年来，我怎么忽略了这神秘的鲜艳的红色呢！在这红土上生长着宝珠梨，滋养着本地和外来的人，回荡着好听的昆明话；在这红土上伸展着蓝天，变幻着白云。

我们走过一个小村庄。村中房舍想必是用红土烧坯建成，屋顶墙壁一派暗红。村前池水也是红的，两三个系蓝布围腰的妇女在池边洗衣服，洗出来的衣服想必也是红的了。

颜色很绚丽，心里却酸苦。红土是酸性土壤，它的孕育是艰难的。

可是我相信，人人都会有一池清水，这是迟早的事。

尾泽小学已是正式的楼房了。院中植着花木，我住过的土坯房不见了，只是那片操场还在。五十年，该有多少农家孩子从这里得到知识的启蒙，打开了灵魂的窗户。而在操场和我一起学过阿细跳月的人们，还有几个能再来？

车直开到长湖边上，我还一再地问："是这里么？这是长湖么？"可见长湖大变样了。似是从一个纯真少女变成了人情练达的成年人。湖水不再掩藏在树木间，而是坦然地抚摸着开朗的湖岸。岸上有草地，有野炊用的泥灶，俨然一个公园。

我们坐在一个小冈上，良久不语。作为公园，这里还是不同一般的。水面澄清，天空开阔，而且是这样蓝！

记得《西游记》中有堆云童子、布雾郎君这样的角色，常被孙大圣传唤。布雾郎君且不说，这堆云童子无疑是个艺术家。蓝天上的云朵洒得疏密有致。渐渐地，小朵汇成大朵，如堆绵，如积雪。一会儿，绵和雪变化成一群白羊，一只大狗——狗是在牧羊吗？远山上出现了一个大玩偶，一只大袖子，还有很长很弯的鼻子，似要到湖里吸水，那狗蹄子正踩在玩偶头上。玩偶不必发愁，狗蹄子很快移开了，愈来愈淡，狗消失了，只剩下群羊。想不到在无意间，得观白衣苍狗，更领悟子美"天上浮云如白衣，斯须改变成苍狗"之叹。

云还在变幻。一座七宝楼台搭起来了，又坍塌了。围湖的山和天相接处，一朵朵云如同很大的氢气球，正在欲升未升。不久化作大片纱缦，似是从山顶生出来的，把天和地连接在一起。而天是蓝的，地是红的，白云前还点缀着绿树。

　　归途中，一轮丽日当空。快到昆明了，忽然，年轻的朋友叫道："快看！彩云！"

　　哦！彩云！就在太阳的右下方，一朵椭圆形的彩云！刚看见时是玫瑰红，一会儿变作金色，一会儿又变作很浅的藕荷色。太亮了，我们不得不闭上眼睛。再看时，可能我的不正常的视力做了加工，只见彩云后面透出彩色的光，许多亮点儿成串地从云朵上流下，更让人不能逼视。

　　"不能看得太久，"我们说，"会折损了福气。"

　　太阳随着车子向前而后退，那彩云却面对面地向我们头顶飘来，随即消失。

　　云南这个名称，据说始于汉代，因彩云出现而得此名。有谁真正看到过彩云？如今有我。

　　昆明的云！美丽的云！在我的记忆之井中注满了活水。

　　"三千里地九霄云"，我拟下了一个作文题目。

一九九四年十月二十六日，距目击彩云已两月矣

原载《中国作家》一九九五年第一期

辑二

云在青天

萤　火

　　点点银白的、灵动的光，在草丛中飘浮。草丛中有各色的野花：黄的野菊、浅紫的二月兰、淡蓝的"毋忘我"；还有一种高茎的白花，每一朵都由许多极小的花朵组成，简直看不清花瓣。它的名字恰和"毋忘我"相反，据说是叫作"不要记得我"，或可译作"毋念我"。在迷茫的夜中，一切彩色都失去了，有的只是黑黝黝一片。亮光飘忽地穿来穿去，一个亮点儿熄灭了，又有一个飞了过去。

　　若在淡淡的月光下，草丛中就会闪出一道明净的溪水，潺潺地、不慌不忙地流着。溪上有两块石板搭成的极古拙的小桥，小桥流水不远处的人家，便是我儿时的居处了。记得萤火虫很少飞近我们的家，只在溪上草间，把亮点儿投向反射着微光的水，水中便也闪动着小小的亮点，牵动着两岸草莽的倒影。现在看到动画片中要开始幻景时闪动的光芒，总会想起那条溪水，那片草丛，那散发着夏夜的芳香，飞翔着萤火虫的一小块地方。

　　幼小的我，经常在那一带玩耍。小桥那边，有一个土坡，也算是山吧。小路上了山，不见了。晚间站在溪畔，总觉得山那边是极遥远的地方，隐约在树丛中的女生宿舍楼，也是虚无缥缈的。那时白天常和游伴跑过去玩，大学生们有时拉住我的手，说："你这黑眼睛的女孩子！你的眼睛好黑啊！"

大概是两三岁时，一天母亲进城去了，天黑了许久，还不回来。我不耐烦，哭个不停。老嬷嬷抱我在桥头站着，指给我看桥那边的小道。"回来啦，回来啦——"她唱着。其实这完全不是母亲回来的路。夜未深，天色却黑得浓重，好像蒙着布，让人透不过气。小桥下忽然飞出一盏小灯，把黑夜挑开一道缝。接着又飞出一盏。花草亮了，溪水闪了。黑夜活跃起来，多好玩啊！我大声叫了："灯！飞的灯！"回头看家里，已经到处亮着灯了，而且一片喊声在叫我。我挣下地来，向灯火通明的家跑去，却又屡次回头，看那使黑夜发光的飞灯。

照说幼儿时期的事，我不该记得。也许我记得的，其实是后来母亲的叙述，或自己更人事后的心境吧。但那一晚我在桥头的景象，总是反复地、清晰地出现在我眼前，那黑夜，那划破了黑夜的萤火，以及后来的灯光。

长大了，又回到这所房屋时，我在自己的房间里便可以看到起伏明灭的萤火了。我的窗正对着那小溪，溪水比以前窄了，草丛比以前矮了，只有萤火，那银白的，有时是浅绿色的光，还是依旧。有时抛书独坐，在黑暗中看着那些飞舞的亮点，那么活泼，那么充满了灵气，不禁想到《仲夏夜之梦》里那些会吵闹的小仙子；又不禁奇怪这发光的虫怎么未能在《聊斋志异》里占一席重要的地位。它们引起多么远、多么奇的想象。那一片萤光后面的小山那边，像是有什么仙境在等待着我。但是我最多只是走出房来，在溪边徘徊片刻，看看墨色涂染的天、树，看看闪烁的溪水和萤火。仙境么，最好是留在想象和期待中的。

日子一天天热闹起来。解放，毕业，几乎每个人都觉得自己在发光。我们是新中国成立后第三届大学生。毕业前夕，一个星光灿烂的夜晚，和几个好友，久久地坐在这溪边山坡上，望着星光和萤光。我们看准一棵树，又看准一个萤火虫，看它是否能飞到那棵树，来卜自己的未来。几乎每一个萤火虫都能飞到目的地，因为没有飞到的就不算数。那时，我们的表格里无一不填着："坚决服从分配，到祖国最需要的地方去！"无论分到哪里，我们都会怀着对美好未来的向往扑过去的。星空中忽然闪了一下，是一颗流星划过了天空。据说流星闪亮时，心中闪过的希望是会如愿的，但我们谁也没有再想要什么。我觉得重任在肩，而且相信任何重任我都担得起。难道还有比这种信心更使人兴奋、欢喜的么？虽然我知道自己很小，小得像萤火虫那样。萤火虫却是会发光的，使得黑夜也璀璨美丽，使得黑夜也充满了幻想。

奇怪的是，自从离开清华园，再也不曾见到萤火虫。可能因为再也没有住在水边了。后来从书上知道，隋炀帝在江都一带经营过"萤苑"，征集"萤火数斛"，为夜晚游山之用。这皇帝连萤火虫都不放过，都要征来服役，人民的苦难，更可想见了。但那"萤苑"风光，一定是好看的。因为那种活泼的光，每一点都呈现着生命的力量。以后无意中又得知萤火虫能捕食害虫，于农作物有益，不觉十分高兴。便想，何不在公园中布置个"萤苑"，为夏夜增光，让曾被皇帝拘来当劳工的萤火虫，有机会为人民服务呢。但在那"十年浩劫"中，连公园都几乎查封，那"萤苑"的构思，早就逃之夭夭了。

前几天，偶得机缘，和弟弟这个从小的同学往清华走了一遭。图书馆看去一次比一次小，早不是小时心目中的巍峨了。那肃穆的、勤奋的读书气氛依然，书库中的玻璃地板也还在，底层的报刊阅览室也还是许多人站着看报。弟弟说他常做一个同样的梦——到这里来借报纸。底层增加了检索图书用的计算机，弟弟兴致勃勃地和机上人员攀谈，也许他以后的梦，要改变途径了。我的萤火虫却从未在梦中出现。行向小河那边时，因为在白天，本不指望看见萤火，但以为草坡上的"毋忘我"和"毋念我"总会显出颜色。不料看见的，是一条干涸的沟，两岸干黄的土坡，春雨轻轻地飘洒，还没有一点绿意。那明净的、潺潺的、不慌不忙流着的溪水，已不知何时流往何处了。我们旧日的家添盖了房屋，现在是幼儿园了。虽是假日，还有不少孩子，一个个转动着点漆般的眼睛看着我们。"你们这些黑眼睛的孩子！好黑的眼睛啊！"我不由得想。

事物总是在变迁，中心总要转移的。现在清华主楼的堂皇远非工字厅可比了。而那近代物理实验室中的元素光谱，使人感到科学的光辉，也是萤火虫们望尘莫及的。我们骑着车，淋着雨，高兴地到处留下校友的签名。从一〇年代到七十年代排过来的长桌前，那如同戴着雪帽般的白头发，那敦实可靠的中年的肩膀，那发亮的、润泽的皮肤和眼睛，俨然画出了人生的旅程。我认为，在这条漫长而又短促的道路上，那淡蓝和纯白的花朵，"毋忘我"和"毋念我"，是必不可少的。因为人世间，有许多事应该永远记得，又有许多事是早该忘却了。

但总要尽力地发光，尤其是在困境中。草丛中飘浮的、灵动的、活泼的萤火，常在我心头闪亮。

一九八〇年六月

原载《散文》一九八〇年六月号

紫藤萝瀑布

我不由得停住了脚步。

从未见过开得这样盛的藤萝，只见一片辉煌的淡紫色，像一条瀑布，从空中垂下，不见其发端，也不见其终极，只是深深浅浅的紫，仿佛在流动，在欢笑，在不停地生长。紫色的大条幅上，泛着点点银光，就像迸溅的水花。仔细看时，才知那是每一朵紫花中最浅淡的部分，在和阳光互相挑逗。

这里春红已谢，没有赏花的人群，也没有蜂围蝶阵。有的就是这一树闪光的、盛开的藤萝。花朵儿一串挨着一串，一朵接着一朵，彼此推着挤着，好不活泼热闹！

"我在开花！"它们在笑。

"我在开花！"它们嚷嚷。

每一穗花都是上面的盛开、下面的待放。颜色便上浅下深，好像那紫色沉淀下来了，沉淀在最嫩最小的花苞里。每一朵盛开的花都像是一个张满了的小小的帆，帆下带着尖底的船，船舱鼓鼓的；又像一个忍俊不禁的笑容，就要绽开似的。那里装的是什么仙露琼浆？我凑上去，想摘一朵。

　　但是我没有摘。我没有摘花的习惯。我只是伫立凝望，觉得这一条紫藤萝瀑布不只在我眼前，也在我心上缓缓流过。流着流着，它带走了这些时一直压在我心上的关于生死的疑惑，关于疾病的痛楚。我浸在这繁密的花朵的光辉中，别的一切暂时都不存在，有的只是精神的宁静和生的喜悦。

　　这里除了光彩，还有淡淡的芳香，香气似乎也是浅紫色的，梦幻一般轻轻地笼罩着我。忽然记起十多年前家门外也曾有过一大株紫藤萝，它依傍着一株枯槐，爬得很高，但花朵从来都稀落，东一穗西一串伶仃地挂在树梢，好像在察言观色，试探什么。后来索性连那稀零的花串也没有了。园中别的紫藤萝花架也都拆掉，改种了果树。那时的说法是，花和生活腐化有什么必然关系。我曾遗憾地想：这里再看不见藤萝花了。

　　过了这么多年，藤萝又开花了，而且开得这样盛，这样密，紫色的瀑布遮住了粗壮的盘虬卧龙般的枝干，不断地流着，流着，流向人的心底。

　　花和人都会遇到各种各样的不幸，但是生命的长河是无止境的。我抚摸了一下那小小的紫色的花舱，那里满装生命的酒酿，它张满了帆，在这闪光的花的河流上航行。它是万花中的一朵，也正是由每一个一朵，组成了万花灿烂的流动的瀑布。

　　在这浅紫色的光辉和浅紫色的芳香中，我不觉加快了脚步。

一九八二年五月六日

原载《福建文学》一九八二年第七期

秋　韵

　　京华秋色，最先想到的总是香山红叶。曾记得满山如火如荼的壮观，在太阳下，那红色似乎在跳动，像火焰一样。二三友人，骑着小驴，笑语与嘚嘚蹄声相和，循着弯曲小道，在山里穿行。秋的丰富和幽静调和得匀匀的，向每个毛孔渗进来。后来驴没有了，路平坦得多了，可以痛快地一直走到半山。如果走的是双清这一边，一段山路后，上几个陡台阶，眼前会出现大片金黄，那是几棵大树，现在想来，也许是银杏吧。满树茂密的叶子都黄透了，从树梢披散到地，黄得那样滋润，好像把秋天的丰收集聚在那里了，让人觉得，这才是秋天的基调。

　　今年秋到香山，人也到香山。满路车辆与行人，如同电影散场，或要举行大规模代表会。只好改道万安山，去寻秋意。山麓有一片黄栌，不甚茂密。法海寺废墟前石阶两旁，有两片暗红，也很寥落。废墟上有顺治年间的残碑，镌有"不得砍伐，不得放牧"的字样。乱草丛中，断石横卧，枯树枝头，露出灰蓝的天和不甚明亮的太阳。这似乎很有秋天的萧索气象了。然而，这不是我要寻找的秋的韵致。

有人说，该到圆明园去，西洋楼西北的一片树林，这时大概正染着红黄两种富丽的颜色。可对我来说，不断地寻秋是太奢侈了，不能支出这时间，且待来年吧。家人说："来年人更多，你骑车的本领更差，也还是无由寻到的。""那就待来生吧。"我说。大家一笑。

其实，我是注意今世的。清晨照例散步，便是为了寻健康，没有什么浪漫色彩。这一天，秋已深了，披着斜风细雨，照例走到临湖轩下小湖旁，忽然觉得景色这般奇妙，似乎我从未来到过这里。

小湖南面有一座小山，山与湖之间是一排高大的银杏树。几天不见，竟变成一座金黄屏障，遮住了山，映进了水。扇形叶子落了一地，铺满了绕湖的小径，似乎这金黄屏障向四周渗透，无限地扩大了。循路走去，湖东侧一片鲜红跳进眼帘：这样耀眼的红叶！不是黄栌，黄栌的红较暗；不是枫叶，枫叶的红较深。这红叶着了雨，远看鲜亮极了，近看时，是对称的长形叶子，地下也有不少，成了薄薄一层红毡。在小片鲜红和高大的金屏障之间，还有深浅不同的绿，深浅不同的褐、棕等丰富的颜色，环抱着澄明的秋水。冷冷的几滴秋雨，更给整个景色添了几分朦胧，似乎除了眼前的一切，还有别的蕴藏。

这是我要寻的秋的韵致么？秋天是有成绩的人生，绚烂多彩而肃穆庄严，似朦胧而实清明，充满了大彻大悟的味道。

秋去冬来之时，意外地收到一份讣告，是父亲的一位哲学友人故去了。讣告上除生卒年月外，只有一首遗诗。译出来是这等模样：

不要推却友爱

不要延迟欢乐

现在不悟

便永迷惑

在这里

一切都有了着落

我要寻找的秋韵，原来便在现在，在这里，在心头。

　　　　　　　　　　　　一九八五年十一月十九日

　　　　　　　原载《北京文学》一九八六年第三期

丁香结

今年的丁香花似乎开得格外茂盛，城里城外，都是一样。城里街旁，尘土纷嚣之间，忽然呈出两片雪白，顿使人眼前一亮，再仔细看，才知是两行丁香花。有的宅院里探出半树银妆，星星般的小花缀满枝头，从墙上窥着行人，惹得人走过了还要回头望。

城外校园里丁香更多。最好的是图书馆北面的丁香三角地，种有十数棵白丁香和紫丁香。月光下，白的潇洒，紫的朦胧。还有淡淡的幽雅的甜香，非桂非兰，在夜色中也能让人分辨出，这是丁香。

在我断续住了近三十年的斗室外，有三棵白丁香。每到春来，伏案时抬头便看见檐前积雪。雪色映进窗来，香气直透毫端。人也似乎轻灵得多，不那么浑浊笨拙了。从外面回来时，最先映入眼帘的，也是那一片莹白，白下面透出参差的绿，然后才见那两扇红窗。我经历过的春光，几乎都是和这几树丁香联系在一起的。那十字小白花，那样小，却不显得单薄。许多小花形成一簇，许多簇花开满一树，遮掩着我的窗，照耀着我的文思和梦想。

古人词云"芭蕉不展丁香结""丁香空结雨中愁"。在细雨迷蒙中，着了水滴的丁香格外妩媚。花墙边两株紫色的，如同印象派的画，线条模糊了，直向窗前的莹白渗过来。让人觉得，丁香确实该和微雨连在一起。

只是赏过这么多年的丁香，却一直不解，何以古人发明了丁香结的说法。今年一次春雨，久立窗前，望着斜伸过来的丁香枝条上一柄花蕾。小小的花苞圆圆的，鼓鼓的，恰如衣襟上的盘花扣。我才恍然，果然是丁香结！

丁香结，这三个字给人许多想象。再联想到那些诗句，真觉得它们负担着解不开的愁怨了。每个人一辈子都有许多不顺心的事，一件完了一件又来。所以丁香结年年都有。结，是解不完的；人生中的问题也是解不完的。不然，岂不是太平淡无味了么？

小文成后一直搁置，转眼春光已逝。要看满城丁香，须待来年了。来年又有新的结待人去解——谁知道是否解得开呢。

一九八五年清明—冬至
原载《散文》一九八六年三月号

我爱燕园

我爱燕园。

考究起来，我不是北大或燕京的学生，也从未在北大任教或兼个什么差事。我只是一名居民，在这里有了三十五年居住资历的居民。时光流逝，如水如烟，很少成绩，却留得一点刻骨铭心之情：我爱燕园。

我爱燕园的颜色。五十年代，春天从粉红的桃花开始。看见那单薄的小花瓣在乍暖还寒的冷风中轻轻颤动，便总为强加于它轻薄之名而不平，它其实是仅次于梅的先行者。还没有来得及为它翻案，不要说花，连树都难逃斧钺之灾，被砍掉了。于是便总由金黄的连翘迎来春天。因它可以入药，在校医院周围保住了一片。紧接着是榆叶梅热闹地上场，花团锦簇，令人振奋。白丁香、紫丁香，幽远的甜香和着朦胧的月色，似乎把春天送到了每个人心底。

绿草间随意涂抹的二月兰，是值得大书特书的。那是野生的花，浅紫掺着乳白，仿佛有一层亮光从花中漾出，随着轻拂的微风起伏跳动，充满了新鲜，充满了活力，充满了生机。简直让人不忍走开。紫色经过各种变迁，最后便是藤萝。藤萝的紫色较凝重，也有淡淡的光，在绿叶间缓缓流泻。这时便不免惊悟，春天已老。

夏日的主色是绿，深深浅浅浓浓淡淡的绿。从城里奔走一天回来，一进校门，绿色满眼，猛然一凉，便把烦恼都抛在校门外了。绿色好像是底子，可以融化一切的底子，那文眼则是红荷。夏日荷塘是我招待友人的保留节目。鸣鹤园原有大片荷花，红白相间，清香远播。动乱多年后，寻不到了。现在勺园附近、朗润园桥边都有红荷，最好的是镜春园内的一池，隐藏在小山之后，幽径曲折，豁然得见。红荷的红不同于桃、杏，鲜艳中显出端庄，就像白玉兰于素静中显出华贵一样。我曾不解为什么佛的宝座作莲花状，再一思忖，无论从外貌或品德比较，没有比莲花更适合的了。

秋天的色彩令人感到充实和丰富。木槿的花有紫有白，紫薇的花有紫有红，美人蕉有各种颜色，玉簪花则是玉洁冰清，一片纯白。而最得秋意的是树叶的变化。临湖轩下池塘北侧一排高大的银杏树，秋来成为一面金色高墙，满地落叶也是金灿灿的，踩上去不由生出无限遐想。池塘西侧一片灌木不知名字，一个叶柄上对称地生着秀长的叶子，着雨后红得格外鲜亮。前年我为它写了一篇小文《秋韵》，去年再去观赏时，却见树丛东倒西歪，让人踩出一条路。若再成红霞一片，还不知要多少年！我在倒下的枝叶旁徘徊良久，恨不能起死回生！"文化大革命"中滋长的破坏习性，什么时候才能改变?!

一望皆白的雪景当然好看，但这几年很少下雪。冬天的颜色常常是灰蒙蒙的，很模糊。晴时站在未名湖边四顾，天空高处很蓝，愈往边上愈淡，亮亮地发白，枯树枝丫、房屋轮廓显出各种姿态，像是一幅没有着色只有线条的钢笔画。

我爱燕园的线条。湖光塔影，常在从燕园离去的人的梦中。映在天空的塔身自不必说，投在水中的塔影，轮廓弯曲了，摇曳着，而线条还是那么美！湖心岛旁的白石舫，两头微微翘起，有一点弧度，显得既圆润又利落。据说几座仿古建筑的檐角，就是因为缺少了弧度，而成凡品。湖西侧小山上的钟亭，亭有亭的线条，钟有钟的线条，钟身上铸了十八条龙和八卦。那几条长短不同的横线做出的排列组合，几千年来研究不透。

我爱燕园的气氛，那是人的活动造成的。每年秋天，新学年开始，园中添了许多稚气的脸庞。"老师，六院在哪里？""老师，一教怎样走？"他们问得专心，像是在问人生的道路。每年夏天，学年结束，道听途说则是："你分在哪里？""你哪天走？"布告牌上出现了转让车票、出让旧物的字条。毕业生要到社会上去了，不知他们四年里对原来糊涂的事明白了多少，也不知今后会有怎样的遭遇。我只觉得这一切和四季一样分明，这是人生的节奏。

有时晚上在外面走——应该说，这种机会越来越少了——看见图书馆灯火通明，像一条夜航的大船，总是很兴奋。那凝聚着教师与学生心血的智慧之光，照亮了黑暗。这时我便知道，糊涂会变成明白。

三角地没有灯，却是小小的信息中心，前两年曾特别热闹，几乎天天有学术报告，各种讲座，各种意见，显示出每个人都用自己的头脑在思索，一片绚烂胜过自然界的万紫千红。这才是燕园本色！去年上半年骤然冷落，只剩些舞会通知、电影广告和遗失启事，虽然有些遗失启事很幽默，却总感到茫然凄然。近来又恢复些生气。我很少参加活动，看看布告，也是好的。

我爱燕园中属于我自己的记忆。我扫过自家门前雪，和满地扔瓜子壳儿的男士女士们争吵过。我为奉老抚幼，在衰草凄迷的园中奔走过。我记得室内冷如冰窖的寒冬，也记得新一代水暖工送来温暖的微笑。我那操劳一生的母亲怀着无限不安和惦念在校医院病逝，没有足够的人抬她下楼。当天，她所钟爱的狮子猫被人用鸟枪打死，留下一只尚未满月的小猫。这小猫如今已是十一岁，步入老年行列了。这些记忆，无论是美好的还是痛苦的，都同样珍贵。因为那属于我自己。

我爱燕园。

一九八八年一月十八日
原载《精神的魅力》，北京大学出版社一九九八年版

风庐茶事

茶在中国文化中占特殊地位，形成茶文化。不仅饮食，且及风俗，可以写出几车书来。但茶在风庐，并不走红，不为所化者大有人在。

老父一生与书为伴，照说书桌上该摆一个茶杯。可能因读书、著书太专心，不及其他，以前常常一天滴水不进，有朋友指出"喝的液体太少"。他对茶始终也没有品出什么味儿来，茶杯里无论是碧螺春还是三级茶叶末，一律说好，使我这照管供应的人颇为扫兴。这几年遵照各方意见，上午工作时喝一点淡茶。一小瓶茶叶，终久不灭，堪称节约模范。有时还要在水中夹带药物，茶也就退避三舍了。

外子仲擅长坐功，若无杂事相扰，一天可坐上十二小时，照说也该以茶为伴。但他对茶不仅漠然，更且敌视，说"一喝茶鼻子就堵住"。天下哪有这样的逻辑！真把我和女儿笑岔了气，险些当场送命。

女儿是现代少女，喜欢什么七喜、雪碧之类的汽水，可口又可乐。除在我杯中喝几口茶外，没有认真的体验。或许以后能够欣赏，也未可知，属于"可教育的子女"。近来我有切身体会，正好用作宣传材料。

前两个月在美国大峡谷，有一天游览谷底的科罗拉多河，坐橡皮筏子，穿过大理石谷，那风光就不用说了。天很热，两边高耸入云的峭壁也遮不住太阳。船在谷中转了几个弯，大家都燥渴难当。"谁要喝点什么？"掌舵的人问，随即用绳子从水中拖上一个大兜，满装各种易拉罐，熟练地抛给大家，好不浪漫！于是都一罐又一罐地喝了起来。不料这东西越喝越渴，到中午时，大多数人都不再接受抛掷，而是起身自取纸杯，去饮放在船头的冷水了。

要是有杯茶多好！坐在滚烫的沙岸上时，我忽然想，马上又联想到《孽海花》中的女主角傅彩云做公使夫人时，参加一次游园会，各使节夫人都要布置一个点，让人参观。彩云布置了一个茶摊。游人走累了，玩倦了，可以饮一盏茶，小憩片刻。结果茶摊大受欢迎，得了冠军，摆茶摊的自然也大出风头。想不到我们的茶文化，泽及一位风流女子，由这位女子一搬弄，还可稍稍满足我们民族的自尊心。

但是茶在风庐，还是和者寡，只有我这一个"群众"。虽然孤立，却是忠实，从清晨到晚餐前都离不开茶。以前上班时，经过长途跋涉，好容易到办公室，已经像只打败了的鸡。只要有一盏浓茶，便又抖擞起来。所以我对茶常有从功利出发的感激之情。如今坐在家里，成为名副其实的"两个小人在土上"的"坐"家，早餐后也必须泡一杯茶。有时天不佑我，一上午也喝不上一口，搁在那儿也是精神支援。

至于喝什么茶，我很想讲究，却总做不到。云南有一种雪山茶，白色的秀长的细叶，透着草香，产自半山白雪半山杜鹃花的玉龙雪山。离开昆明后，再也没有见过，成为梦中一品了。有一阵很喜欢碧螺春，毛茸茸的小叶，看着便特别，茶色碧莹莹的。喝起来有点像《小五义》中那位壮士对茶的形容，香喷喷的，甜丝丝的，苦茵茵的。这几年不知何故，芳踪隐匿，无处寻觅。别的茶像珠兰茉莉大方六安之类，要记住什么味道归在谁名下也颇费心思。有时想优待自己，特备一小罐，装点龙井什么的。因为瓶瓶罐罐太多，常常弄混，便只好摸着什么是什么。一次为一位素来敬爱的友人特地找出东洋学子赠送的"清茶"，以为经过茶道台面的，必为佳品。谁知其味甚淡，很不合我们的口味。生活中各种阴错阳差的事随处可见，茶者细枝末节，实在算不了什么。这样一想，更懒得去讲究了。

妙玉对茶曾有妙论，"一杯曰品，二杯曰解渴，三杯就是饮驴了"。茶有冠心苏合丸的作用，那时可能尚不明确。饮茶要谛应在那只限一杯的"品"，从咂摸滋味中蔓延出一种气氛。成为"文化"，成为"道"，都少不了气氛，少不了一种捕捉不着的东西，而那捕捉不着，又是从实际中来的。

若要捕捉那捕捉不着的东西，需要富裕的时间和悠闲的心境，这两者我都处于"第三世界"，所以也就无话可说了。

一九九〇年二月

原载《光明日报》一九九〇年二月二十二日

燕园树寻

———————

燕园的树何必寻？无论园中哪个角落，都是满眼装不下的绿。这当然是春夏的时候。到得冬天，松柏之属，仍然绿着，虽不鲜亮，却很沉着。落叶树木剩了杈丫枝条，各种姿态，也是看不尽的。

先从自家院里说起。院中的三棵古松，是"三松堂"命名的由来，也因"三松堂"而为人所知了。世界各地来的学者常爱观赏一番，然后在树下留影。三松中的两株十分高大，超过屋顶，一株是挺直的；一株在高处折弯，作九十度角，像个很大的伞柄。撒开来的松枝如同两把别致的大伞，遮住了四分之一的院子。第三株大概种类不同，长不高，在花墙边斜斜地伸出枝干，很像黄山的迎客松。地锦的条蔓从花墙上爬过来，挂在它身上。秋来时，好像挂着几条红缎带。两只白猫喜欢抓弄摇曳的叶子，在松树周围跑来跑去，有时一下子蹿上树顶，坐定了，低头认真地观察世界。

若从下面抬头看，天空是一块图案，被松枝划分为小块的美丽的图案，由于松的接引，好像离地近多了。常有人说，在这里做气功最好了，可以和松树换气，益寿延年。我相信这话，可总未开始。

　　后园有一株老槐树，比松树还要高大，"文革"中成为尺蠖寄居之所。它们结成很大的网，拦住人们去路，勉强走过，便赢得十几条绿莹莹的小生物在鬓发间、衣领里。最可恶的是它们侵略成性，从窗隙爬进屋里，不时吓人一跳。我们求药无门，乃从根本着手，多次申请除去这树，未获批准。后来忍无可忍，密谋要向它下毒手了，幸亏人们忽然从"阶级斗争"的噩梦中醒来，开始注意一点改善自身的生活环境，才使密谋不必付诸实现。打过几次药后，那绿虫便绝迹。我们真有点"解放"的感觉。

　　老槐树下，如今是一畦月季，还有一圆形木架，爬满了金银花。老槐树让阳光从枝叶间漏下，形成"花荫凉"，保护它的小邻居。因为尺蠖的关系，我对"窝主"心怀不满，不大想它的功绩，甚至不大想它其实也是被侵略和被损害的。不过不管我怎样想，现在一块写明"古树"的小牌钉在树身，更是动它不得了。

　　院中还有一棵大栾树，枝繁叶茂，恰在我窗前。从窗中望不到树顶。每有大风，树枝晃动起来，真觉天昏地暗，地动山摇，有点像坐在船上。这树开小黄花，春夏之交，有一个大大的黄色的头顶，吸引了不少野蜂。以前还有不少野蜂在树旁筑窝，后来都知趣地避开了。夏天的树，挂满浅绿色的小灯笼，是花变的。以后就变黄了，坠落了。满院子除了落叶还有小灯笼，扫不胜扫。专司打扫院子的老头曾形容说，这树真霸道。后来他下世了，几个接班人也跟着去了，后继无人，只好由它霸道去。看来人是熬不过树的。

　　出得自家院门，树木不可胜数，可说的也很多，只能略拣几棵了。临湖轩前面的两株白皮松，是很壮观的。它们有石砌的底座，显得格外尊贵。树身挺直，树皮呈灰白色。北边的一株在根处便分杈，两条树干相并相依，似可谓之连理。南边的一株树身粗壮，在高处分杈。两树的枝叶都比较收拢，树顶不太大，好像三位高大而瘦削的老人，因为饱经沧桑，只有沉默。

俄文楼前有一株元宝枫，北面小山下有几树黄栌，是涂抹秋色的能手。燕园中枫树很多，数这一株最大，两人才可以合抱。它和黄栌一年一度焕彩蒸霞，使这一带的秋意如醇酒，如一曲辉煌的钢琴协奏曲。

若讲到一个种类的树，不是一株树，杨柳值得一提。杨柳极为普通，因为太普通了，人们反而忽略了它的特色。未名湖畔和几个荷塘边遍植杨柳，我乃朝夕得见。见它们在春寒料峭时发出嫩黄的枝条，直到立冬以后还拂动着；见它们伴着娇黄的迎春、火红的榆叶梅度过春天的热烈，由着夏日的知了在枝头喧闹。然后又陪衬着秋天的绚丽，直到一切扮演完毕。不管湖水是丰满还是低落，是清明还是糊涂，柳枝总在水面低回宛转，依依不舍。"杨柳岸，晓风残月"，岸上有柳，才显出风和月，若是光光的土地，成何光景？它们常集体作为陪衬，实在是忠于职守，不想出风头的好树。

银杏不是这样易活多见的树，燕园中却不少，真可成为一景。若仿什么十景八景的编排，可称为"银杏流光"。西门内一株最大，总有百年以上的寿数，有木栏围护。一年中它最得意时，那满树略带银光的黄，成为夺目的景象。我有时会想起霍桑小说中那棵光华灿烂的毒树，也许因为它们都是那样独特。其实银杏树是满身的正气，果实有微毒，可以食用。常见一些不很老的老太太，提着小筐去"捡白果"。

银杏树分雌雄。草地上对称处原有另一株，大概是它的配偶。这配偶命不好，几次被移走，有心人又几次补种。到现在还是垂髫少女，大概是看不上那老树的。一院院中，有两大株，分列甬道两旁，倒是原配。它们比二层楼还高，枝叶罩满小院。若在楼上，金叶银枝，伸手可取。我常想摸一摸那枝叶，但我从未上过这院中的楼，想来这辈子也不会上去了。

它们的集体更是大观了。临湖轩下小湖旁，七棵巨人似的大树站成一排，挡住了一面山。我曾不止一次写过那金黄的大屏风。这两年，它们的叶子不够繁茂，已经不像从前那样有气势了。树下原有许多不知名的小红树，和大片的黄连在一起，真是如火如荼，现在莫名其妙地消失了，大概给砍掉了。这一排银杏树，一定为失去了朋友而伤心吧。

砍去的树很多，最让人舍不得的是办公楼前的两大棵西府海棠，比颐和园乐寿堂前的还大，盛开时简直能把一园的春色都集中在这里。"文革"中不知它触犯了哪一位，顿遭斧钺之灾。至今有的老先生说起时，仍带着眼泪。可作为"老年花似雾中看"的新解吧。

还有些树被移走了，去点缀新盖的楼堂馆所。砍去的和移走的是寻不到了，但总有新的在生在长，谁也挡不住。

新的银杏便有许多。一出我家后角门，可见南边通往学生区的路。路很直，两边年轻的银杏树也很直，年复一年地由绿而黄。不知有多少年轻人走过这路，迎着新芽，踩着落叶，来了又走了，走远了——

而树还在这里生长。

一九九〇年二月十五日—四月十五日

原载《文汇月刊》一九九〇年第六期

燕园桥寻

———————————

　　燕园西墙边这条路走过不止千万遍，从不觉得有什么特别。这次本想从路的一端出新校门去的，有人站在那儿说，此门只准走车，不能走人。便只好转过身来，循墙向旧西门走去。

　　忽然看见了那桥，那白色的桥。桥不很大，却也不是小桥，大概类似中篇小说吧。栏杆像许许多多中国桥一样，随着桥身慢慢升起，若把个个柱顶连接起来，就成为好看的弧线。那天水面格外清澈，桥下三个半圆的洞，和水中倒影合成了三轮满月。我的眼睛再装不下别的景致了。

　　"燕园桥寻"，这题目蓦地来到了心头。我在燕园寻石寻碑寻树寻墓，怎么忘记了桥呢！而我素来是喜欢桥的。

　　再向前走，两株大松树移进了画面，一株头尖，一株头圆，桥身显在两松之间，绿树和流水连成一片。随着脚步移动，尖的一株退出了，圆的一株斜斜地掩着桥身，像在问答什么。走到桥头时，便见这桥直对旧西门。原来的设计是进门过桥，经过一大片草地，便到办公楼。现在听说为了保护文物，许久不准走机动车了，上下班时间过桥的行人与自行车还是很多。

冬天从荷塘边西南联大纪念碑处望这桥，雪拥冰封，没有了桥下的满月。几株枯树相伴，桥身分明，线条很美。上桥去看，可见柱头雕着云朵，扶手下横板上雕出悬着的流云，数一数，栏杆十二。这是燕园第一桥。

燕园的第二座桥，应是体育馆北侧的罗锅桥。这种桥颐和园里有。罗锅者，驼背之意也。桥面中间隆起，两面的坡都很陡，汽车是无法经过的，所以在桥旁修了柏油路。桥下没有流水，好在未名湖就在旁边，岸边垂柳，伸手可及，凭栏而立，水波轻，柳枝长。湖心岛边石舫泊在对面，可以望住那永远开不动的船。

不知中国园林中为什么设计这样难走的桥。圆明园唯一存下的"真迹"桥，也是一个驼背。现在因为残缺了，更是无法过去。再一想，大概园林中的桥不只是为了行走，而且是为了观赏。"二十四桥明月夜"，桥，使人想起多少景致。我未到过扬州。想来二十四桥一定各有别出心裁的设计，有的要高，有的要弯，有的要平，所以有的桥平坦如路，有的就高出驼背来了。

第三座桥是临湖轩下的小桥，桥身是平的，配有栏杆。栏杆在"文革"中打坏了半边，很长一段时间，我在心里称它为"断桥"，现在已修好了。桥的一边是未名湖，一边是一个小湖，真正的没有名字，总觉得它像是未名湖的女儿，就称它为女儿湖吧。夏初，桥边一株大树上垂下一串串紫藤萝，遗憾的是，没有小仙子从藤萝花中探出头来。秋初，女儿湖上有许多浮萍，开极鲜艳的黄花，映着碧沉沉的水，真如一幅油画。

未名湖还有两座简朴的桥。一座通湖心岛，是平而宽的石板桥，没有栏杆。这样湖面便显得开阔，不给人隔开的感觉。有时想，如果这里造的也是那种典型的桥，大概在感觉中湖面会小许多，可惜无法试验这想法是否正确。另一座从钟亭下通往沿湖各楼的小桥，不过几块青石堆成。桥下小溪一道，与未名湖相通，桥边绿树成荫，幽径蜿蜒，似乎难以想象这路通往何方。其实，走过几步便是学校的行政中心办公楼了。

想着燕园的桥，免不了想到燕园的水。燕园中有大小湖泊，长短沟溪，正流着的水会忽然消失，隐入地下，过一段路又显现出来。从未名湖过去，以为没有水了，却又见西门内的水活泼泼地，向南形成一片荷塘。从旧西门进来，经过荷塘，以为没有水了，东行却又见未名湖。勺园留学生楼北侧，立有塞万提斯像，在这位古装外籍人士的背后，横着一条深溪，两座小桥分架其上，一座四栏杆桥在荷塘边，一座六栏杆桥通往树丛之中。若不注意，只管走下去，顺脚得很，因为有桥连着呢。

俄罗斯盲诗人爱罗先珂的诗剧《桃色的云》中有这样几行反复出现的句子："虹的桥是美丽的，虹的桥是相思的。虹的桥是想要上去的，虹的桥是想要过去的。"我很喜欢《桃色的云》，曾多次撺掇剧院演出，总未果。桥本身就是美的，充满希望的；虹的桥更是美丽的，相思的，而且是属于春天的。

燕园北部镜春、朗润两园水面多，也有几个石板桥，印象中似乎特色不显著。这一带较有野趣，用石板平桥正可取。记得一年夏间，随意散步过来，过几处石桥，见两园交界处，数家民房，绿荫掩映，真有点江南小镇的风光。

曾见一个陌生人在曲折的水湾旁问路，人们指点说，前面有桥，有桥连着呢。

一九九一年一月二十三日
原载台湾《联合报》一九九二年四月十日

星期三的晚餐

去年春来时，我正在医院里。看见小花园中的泥土变得湿润，小草这里那里忽然绿了起来，真有说不出的安慰和兴奋。"活着真好。"我悄悄对自己说。

那时每天想的是怎样配合治疗。为补元气，饮食成为一件大事。平常我因太懒，奉行"宁可不吃也不做"的原则。当然别人做了好吃的，我也有兴趣，但自己是懒得动手的。得了病，别人做来我吃，成为天经地义，还唯恐不合口味，做者除了仲和外甥女冯枚，扩及住得近的表弟、表妹和多年老友立雕（韦英）夫妇。

立雕是闻一多先生次子，和我同岁。我和他的哥哥立鹤同班，可不知为什么我和闻老二比和闻老大熟得多。立雕知道我的病况后，认下了每星期三的晚餐，把探视的日子留给仲。因为星期三不能探视，就需要花言巧语费尽周折才能进到病房。每次立雕都很有兴致地形容他的胜利。后来我身体渐好，便到楼下去"接饭"。见他提着饭盒沿着通道走来，总要微惊，原来我们都是老人了。

好一碗鸡汤面！油已去得干净，几片翠绿的菜叶，让人看了胃口大开。有一次是煮米粉，不知都放了什么作料，我居然把一碗吃完。立雕还征求意见："下次想吃什么？"

"酿皮子。"我脱口而出，因为知道春华弟妹是陕西人。

"你真会挑！"又笑加一句，"你这人天生要人侍候。"

又是一个星期三，果然送来了酿皮子。那东西做起来很麻烦，要用特制的盘子盛了面糊，在开水里搅来搅去。味道照例是浓重的。饭盒里还有一个小碟，放了几枚红枣。立雕说这是因为作料里有蒜，餐后吃点枣可以化解蒜味儿，是春华预备的。

我当时想，我若不痊愈，是无天理。

立雕不只拿来晚饭，每次还带些书籍来。多是关于抗战时昆明生活的。一次说起一九四五年一月，我们随闻一多先生到石林去玩。闻先生那张口衔烟斗的照片就是在石林附近尾泽小学操场照的。

"说起来，我还没有这张照片呢。"我说。

"洗一张就是了。"果然下次便带来了那照片，比一般常见的大些。闻先生浓眉下双目炯炯有神，正看着我们，烟斗中似有轻烟升起。

闻先生身后有个瘦瘦的小人儿，坐在地上，衣着看不清，头发略长，弯弯的。

"呀！"我叫了一声，"这是谁呀？"

素来反应迟钝的仲这次居然一眼看清，虽然他从未见过少年时代的我，说："这是谁？这不是我们的病号吗！"

立雕原来没有注意，这时鉴定认可。我身旁还有一个年轻人，不是立雕，也不是小弟，总是当时的熟人吧。

素来自命清高，不喜照相，人多时便躲到一边去。这回怎么了！我离闻先生不近，却正好照上了，而且在近五十年后才发现。看见自己陪侍闻先生在照片里，觉得十分快乐。

在昆明有一段时间，我们和闻家住隔壁。家门前都有西餐桌面大的一小块土地，都种了豌豆什么的，好掐那嫩叶尖。母亲和闻伯母常站在各自的菜地里交谈。小弟向立鹤学得站立洗脚法，还向我传授。盆放在凳子上，人站在地下，两脚轮流作金鸡独立状，我们就一面洗一面笑。立鹤很有才华，能绘画、善演戏，英语也不错，若是能够充分发挥，应也像三弟立鹏一样是位艺术家。可叹他在一九四六年的灾难中陪同闻先生在鬼门关走了一遭，一九五七年又被错误地批判，并受了处分，经历甚为坎坷，心情长期抑郁不畅。他一九八一年因病去世，似是同辈人中最早离去的。

那次去石林是西南联大学生组织的，请闻先生参加。当时立鹤、立雕兄弟，小弟和我都是联大附中学生，是跟着闻先生去的。先乘火车到路南，再骑一种矮脚马。我们那时都没有棉衣，记得在旷野中迎风骑马，觉得寒气逼人。骑马到尾泽后，住在尾泽小学。以后无论到哪里都是步行了。先赏石林的千姿百态，为那鬼斧神工惊叹不止。再访瀑布大叠水、小叠水。给我印象最深的是尾泽附近的长湖。湖边的石奇巧秀丽，树木品种很多，一片绿影在水中，反照出来，有一种淡淡的幽光。水面非常安详闲适，妩媚极了。我以后再没有见到这样纯真妩媚的湖。一九八〇年回昆明，再去石林，见处处是人为的痕迹，鬼斧神工的感觉淡得多了。没有人提到长湖，我也并不想再去，怕见到那本是不食人间烟火的天真烂漫，也沾惹上市井之气。

　　这张照片中没有风景，那时大同学组织活动，目的也不在风景。只是我太懵懂了，只记得在操场围成一个大圈子，学阿细跳月。闻先生讲话，大同学朗诵诗、唱歌，内容都不记得了。

　　一九八〇年曾为闻先生衣冠冢写了一首诗，后半段有这样几句：

　　　　亲眼见那燃着的烟斗

　　　　照亮了长湖边的苍茫暮霭

　　　　我知道这冢内还有它

　　　　除了衣冠外。

原来照片中不只有它，还有我。

　　闻先生罹难后，清华不再提供住宅。父母亲邀闻伯母带领孩子们到白米斜街家中居住。我们住后院，闻伯母一家住前院。我常和立雕、小弟三人一道骑车。那时街上车辆不像现在这样拥挤，三人并排而行，也无人干涉。现存有几张当时在北海拍摄的相片，一张是立雕和我在白塔下，我的头发还是和在闻先生背后的那张相片上一模一样。后来我们迁到清华住了，他们一家经组织安排到了解放区。一晃便是几十年过去了。

　　在昆明时，教授们为生活所迫，不得不做点能贴补家用的营生。闻先生擅长金石，对美学和古文字又有很高的造诣，这时便镌刻图章，石章每字一千二百元，牙章每字二千元。立雕、立鹤兄弟两人有很好的观摩机会，渐得真传，有时也分担一些。立雕参加革命后长期做宣传工作，一九八八年离休，在家除编辑新编《闻一多全集》的《书信卷》之外，还应邀为浠水闻一多纪念馆设计和编写展览脚本。近期又将着手编闻先生的影集《人民英烈闻一多》。看样子他虽离休了，事情还很多，时间仍是不敷分配。

看来子孙还是非常重要，闻先生不只有子，而且有孙。《闻一多年谱长编》是由立雕之子闻黎明编写的。黎明查找资料很仔细，到昆明看旧报，见到冯爷爷的材料也都摘下。曾寄来蒙自"故居"的照片，问"璞姑"是不是这栋房子。房子不是，但在第三代人心中存有关切，怎不让人感动！

父亲前年去世后，立雕写了情意深重的信。信中除要以他们兄妹四人名义敬献花圈外，还说："伯父去世是我们国家和人民的重大损失。我永远忘不了在我们最困难的时候，伯父、伯母给我们的关怀、帮助和安慰。我们两家两代人的友谊，是我脑海中永不会消失的美好记忆与回忆。"

从那桌面大的豌豆地，从那长湖上的暮霭，友谊延续着，通过了星期三的晚餐，还在延续着。我虽伶仃，却仍拥有很多。我有知我、爱我的朋友，有众多的堂兄弟姊妹、表兄弟姊妹，还有因上一代友情延续下来的诸家准兄弟姊妹——

比起"文革"间那一次重病的惨淡凄凉，这次生病倒是蛮风光的，怎舍得离开这个世界呢。

活着真好。

一九九二年三月中写，四月底改

原载香港《大公报》一九九二年七月十五日

猫　冢

　　十月份到南方转了一圈，成功地逃避了气管炎和哮喘——那在去年是发作得极剧烈的。月初回到家里，满眼已是初冬的景色。小径上的落叶厚厚一层，树上倒是光秃秃的了。风庐屋舍依旧，房中父母遗像依旧，我觉得一切似乎平安，和我们离开时差不多。

　　见过了家人以后，觉得还少了什么。少的是家中另外两个成员——两只猫。"媚儿和小花呢？"我和仲同时发问。

　　回答说，它们出去玩了，吃饭时会回来。午饭之后是晚饭，猫儿还不露面。晚饭后全家在电视机前小坐，照例是少不了两只猫的。媚儿常坐在沙发扶手上，小花则常蹲在地上，若有所思地望着我。我总是和它说话，问它要什么，一天过得好不好。它以打哈欠来回答。有时就试图坐到膝上来，有时则看看门外，那就得给它开门。

　　可这一天它们不出现。

　　"小花，小花，快回家！"我开了门灯，站在院中大声召唤。因为有个院子，屋里屋外，猫们来去自由，平常晚上我也常常这样叫它。叫过几分钟后，一个白白圆圆的影子便会从黑暗里浮出来，有时快步跳上台阶，有时走两步停一停，似乎是闹着玩。有时我大开着门它却不进来，忽然跳着抓小飞虫去了，那我就不等它，自己关门。一会儿再去看时，它坐在台阶上，一脸期待的表情，等着开门。

小花被家人认为是我的猫。叫它回家是我的差事，别人叫，它是不理的。仲因为给它洗澡，和它隔阂最深。一次仲叫它回家，越叫它越往外走，走到院子的栅栏门了，忽然回头见我出来站在屋门前，它立刻转身飞箭似的跑到我身旁。没有衡量，没有考虑，只有天大的信任。

对这样的信任我有些歉然，因为有时我也不得不哄骗它，骗它在家等着，等到的是洗澡。可它似乎认定了什么，永不变心，总是坐在我的脚边，或睡在我的椅子上。再叫它，还是高兴地回家。

可是现在，无论怎么叫，只有风从树枝间吹过，好不凄冷。

七十年代初，一只雪白的、蓝眼睛的狮子猫来到我家，我们叫它狮子，它活了五岁，在人来讲，约三十多岁，正在壮年。它是被人用鸟枪打死的。当时它刚生过一窝小猫，好的送人了，只剩一只长毛三色猫，我们便留下了它，叫它花花。花花五岁时生了媚儿，因为好看，没有舍得送人。后来又有一只小猫没有送出。花花活了十岁左右。也是深秋时分，它病了，不肯在家，曾回来有气无力地叫了几声，用它那妩媚温顺的眼光看着人，那就是它的告别了。后来它忽然就不见了。猫不肯死在自己家里，怕给人添麻烦。

孤儿小猫就是小花，它是一只非常敏感、有些神经质的猫，非常注意人的脸色，非常怕生人。它基本上是白猫，头顶、脊背各有一块乌亮的黑，还有尾巴是黑的。尾巴常蓬松地竖起，如一面旗帜，招展得很有表情。它的眼睛略呈绿色，目光中常有一种若有所思的神情。我常常抚摸它，对它说话，觉得它不知什么时候就会回答。若是它忽然开口讲话，我一点不会奇怪。

小花有些狡猾，心眼儿多，还会使坏。一次我不在家，它要仲给它开门，仲不理它，只管自己坐着看书。它忽然纵身跳到仲膝上，极为利落地撒了一泡尿，仲连忙站起时，它已方便完毕，躲到一个角落去了。"连猫都斗不过！"成了一个话柄。

小花也是很勇敢的，有时和邻家的猫小白或小胖打架，背上的毛竖起，发出和小身躯全不相称的吼声。"小花又在保家卫国了。"我们说。它不准邻家的猫践踏草地。猫们的界限是很分明的，邻家的猫儿也不欢迎客人。但是小花和媚儿极为友好地相处，从未有过纠纷。

媚儿比小花大四岁，今年已快九岁，有些老态龙钟了，它浑身雪白，毛极细软柔密，两只耳朵和尾巴是一种娇嫩的黄色。小时可爱极了，所以得一媚儿之名。它不像小花那样敏感，看去有点儿傻乎乎。它曾两次重病，都是仲以极大的耐心带它去小动物门诊，给它打针服药，终得痊愈。两只猫洗澡时都要放声怪叫。媚儿叫时，小花东藏西躲，想逃之夭夭。小花叫时，媚儿不但不逃，反而跑过来，想助一臂之力。其憨厚如此。它们从来都用一个盘子吃饭。小花小时，媚儿常让它先吃。小花长大，就常让媚儿先吃。有时一起吃，也都注意谦让。我不免自夸几句："不要说郑康成婢能诵毛诗，看看咱们家的猫！"

可它们不见了！两只漂亮的、各具性格的、懂事的猫，你们怎样了？

据说我们离家后几天中，小花在屋里大声叫，所有的柜子都要打开看过。给它开门，又不出去。以后就常在外面，回来的时间少。以后就不见了，带着爱睡觉的媚儿一起不见了。

"到底是哪天不见的？"我们追问。

都说不清，反正好几天没有回来了。我们心里沉沉的，找回的希望很小了。

"小花，小花，快回家！"我的召唤在冷风中，向四面八方散去。

没有回音。

猫其实不仅是供人玩赏的宠物，它对人是有帮助的。我从来没有住过新造的房子，旧房就总有鼠患。在城内逦兹府居住时，老鼠大如半岁的猫，满屋乱窜，实在令人厌恶。抱回一只小猫，就平静多了。风庐中鼠洞很多，鼠们出没自由。如有几个月无猫，它们就会偷粮食，啃书本，坏事做尽。若有猫在，不用费力去捉老鼠，只要坐着，甚至睡着喵呜几声，鼠们就会望风而逃。一次父亲和我还据此讨论了半天"天敌"两字。猫是鼠的天敌，它就有灭鼠的威风！驱逐了鼠的骚扰，面对猫的温柔娇媚，感到平静安详，赏心悦目，这多么好！猫实在是人的可爱而有利的朋友。

小花和媚儿的毛都很长，很光亮。看惯了，偶然见到紧毛猫，总觉得它没穿衣服。但长毛也有麻烦处，它们好像一年四季都在掉毛，又不肯在指定的地点活动，以致家里到处是猫毛。有朋友来，小坐片刻，走时一身都是猫毛，主人不免尴尬。

一周过去了，没有踪影。也许有人看上了它们那身毛皮——

亲爱的小花和媚儿，你们究竟遇到了什么！

我们曾将狮子葬在院门内枫树下，它大概早融在春来绿如翠、秋至红如丹的树叶中了。狮子的儿孙们也一代又一代地去了，它们虽没有葬在冢内，也各自到了生命的尽头。"前不见古人，后不见来者"，生命只有这么有限的一段，多么短促。我亲眼看见猫儿三代的逝去，是否在冥冥中，也有什么力量在看着我们一代又一代地消逝呢？

一九九二年十一月上旬
原载《美文》一九九三年第一期

松 侣

————————

　　一位朋友曾说她从未注意过木槿花是什么样儿，我答应院中木槿花开时，邀她来看。

　　这株木槿原在窗前，为了争得光线，春末夏初时我把它移到篱边。它很挣扎了一阵，活下来了，可是秋初着花时节，一朵未见。偶见大图书馆前两排木槿，开着紫、白、红各色的花朵，便想通知朋友，到那里观看。不知有什么事，一天天因循，未打电话。过了些时日，偶然走过图书馆，却见两排绿树，花朵已全落尽了。一路很是怅然，似乎不只失信于朋友，也失信于木槿花。又因木槿花每一朵本是朝开夕谢的，不免伤时光之不再，联想到自己的疾病，不知还有几多日子。

　　回到家里，站在院中三棵松树之间，那点脆弱的感怀忽然消失了。我感到镇定平静。三松中的两棵高大稳重，一株直指天空，另一株过房顶后作九十度折角，形貌别致，都似很有魄力，可以倚靠。第三棵不高，枝条平伸作伞状，使人感到亲切。它们似乎说，好了，不要小资情调了，有它们呢。

　　它们当然是不同的。它们不落叶，无论冬夏，常给人绿色的遮蔽。那绿色十分古拙，不像有些绿色的鲜亮活跳。它们也是有花的，但不显著，最后结成松塔掉下来，带给人的是成熟的喜悦，而不是凋谢的惆怅。它们永远散发着清净的气息，使得人也清爽。据说像负离子发生器一样，有着实实在在的医疗作用。

更何况三松和我的父亲是永远分不开的。我的父亲晚年将这住宅命名为"三松堂"。"庭中有三松，抚而盘桓，较渊明犹多其二焉"（《三松堂自序》之自序）。寄意深远，可以揣摩。我站在三松之下感到安心，大概因为同时也感到父亲的思想、父亲的影响和那三松的华盖一样，仍在荫蔽着我。

父母在堂时，每逢节日，家里总是很热闹。七十年代末，放鞭炮之风还未盛，我家得风气之先，不只放鞭炮，还要放花，一道道彩光腾空而起，煞是好看。这时大家又笑又叫。少年人持着竹竿，孩子们躲在大人身后探出个小脑袋。放花放炮的乐趣就在此了。放了几年，家里人愈来愈少了，剩下的人还坚持这一节目。有一次一个闪光雷放上去，其中一些纸燃烧着落在松树顶上，一枝松针马上烧起来，幸亏比较靠边，往上泼水还能泼到，及时扑灭了。浇水的人和树一样，也成了落汤鸡。以后因子侄辈纠缠，也还放了两年。再以后，没有高堂可娱，青年人又都各奔前程，几乎走光，三松堂前便再没有节日的喧闹。

这一切变迁，三松和院子中的竹子、丁香、藤萝、月季和玉簪都曾亲见。其中松树尤疑是祖字辈的，阅历最多，感怀最深，却似乎无话说。只是常绿常香，默默地立在那里，让人觉得，累了时它总是可以靠一靠的。

这三棵松树似是家中的一员，是亲人，是长辈。燕园中还有许许多多松柏枞桧这类的树，便是我的好友了。

在第二体育馆之北，六座中西合璧的庭院之间，有一片用松墙围起来的园子，名为静园。这里原来是没有墙的，有的是草地、假山，又宽又长的藤萝架。"文革"中，这些花草因有不事生产的罪名，全被铲除，换上了有出息的果树，又怕人偷果子，乃围以松墙。我对这一措施素不以为然，静园也很少去。

这两年，每天清晨坚持散步，据说这是我性命攸关的大事，未敢少懈。散步的路径，总寻找有松柏之处，静园外超过千步的松墙边便成为好地方。一到墙边，先觉清气扑人，一路走下去，觉得全身的血液都换过了。

临湖轩前有一处三角地，也围着松墙。其中一段路两边皆松，成为夹道。那松的气息，更是向每个毛孔渗来。一次雨后，走过夹道，见树顶上一片云气蒸腾，树枝上挂满亮晶晶的水珠，蜘蛛网也成了彩色的璎珞，最主要的是那气息，清到浓重的地步，劈头盖脸将人包裹住了。这时便想，若不能健康地活下去，实在愧对造化的安排。

走出夹道不远，有一处小松林，有白皮松、油松等，空气自然是好的。我走过时，总见六七位老太太在一起做操，一面拍拍打打，一面大声谈家常。譬如昨天谁的媳妇做的饭，谁的孙子念的什么书。松树也不嫌聒噪，只管静静地施行负离子疗法。

中国文学中一直推崇松的品格，关于松的吟咏很多。松树的不畏岁寒，正可视为不阿时不媚俗的一种气节。这是"士"应有的精神境界，所以都愿意以松为友。白居易《庭松》诗云："疏韵秋槭槭，凉阴夏凄凄。春深微雨夕，满叶珠蓑蓑。岁暮大雪天，压枝玉皑皑。四时各有趣，万木非其侪。……即此是益友，岂必交贤才。顾我犹俗士，冠带走尘埃。未称为松主，时时一愧怀。"最后两句用松之德要求自己，勉励自己，要够格做松的主人。松不只给人安慰，给人健康，还在道德上引人向上，世之益友，又有几人能做到呢？

自然界中，能为友侣的当然不只松柏一类。虽木槿之短暂，也有它的作用与位置。人若能时时亲近大自然，会较容易记住自己的本色。嵇康有诗云："目送归鸿，手挥五弦。俯仰自得，游心太玄。"纵然手不能举足不能抬，纵然头上悬着疾病的利剑，我们也能在自己的位置上俯仰自得，不是吗？

一九九三年九月下旬
原载《中国残疾人》一九九三年十二月号

促织，促织！

秋来了。

不知不觉间，秋天全面地到来了。

最初的信息还在玉簪花。那一点洁白的颜色仿佛把厚重的暑热戳了一个洞，凉意透了过来。渐渐地，鼓鼓的小棒槌花苞绽开了，愈开愈多，满院中弥漫着淡淡的香气。人走进屋内有时会问一句，怎么会这样香，是熏香还是什么。我们也答说，熏香哪有这样气味，只是花香侵了进来罢了。花香晚间更觉分明，带着凉意。

一个夏天由着知了聒噪，吵得人恨不得大喝一声"别吵了"，也只能想想而已，谁和知了一般见识？随着玉簪的色与香，夜间忽然有了清亮无比的鸣声，那是蟋蟀。叫叫停停，显得夜越发地静，又是一年一度虫鸣音乐换演员的时候了。知了的呐喊渐渐衰微，终于沉默。蟋蟀叫声愈来愈多，愈来愈亮。清晨在松下小立，竹丛里，地锦间，都有不止一支小乐队，后来中午也能听到了。最传神，最有秋之意韵的鸣声是在晚间，似比白天的鸣声高了八度，很是饱满。狄更斯在《炉边蟋蟀》这篇小说里形容蟋蟀的叫声"像一颗星星在屋外的黑暗中闪烁。歌声到最高昂时，音调里便会出现微弱的，难以描述的震颤"。小说中的男女主人公都喜欢这小东西，说炉边能有一只蟋蟀，是世界上最幸运的事。

我们的小歌者中最优秀的一位也是在厨房里。它在门边、炉边、碗柜边、水池边转着圈鸣叫，像要叫醒黑沉沉的夜，叫得真欢。叫到最高昂处似乎星光也要颤一颤。我们怕它饿了，撕几片白菜叶子扔在当地，它总是不屑一顾。

养蟋蟀有许多讲究，可以写几本书。我可无意此道，几十年前亲戚送的古雅的蛐蛐罐，早不知到哪里去了。我喜欢自然环境中蟋蟀的歌声，那是一种天籁，是秋的号角，充满了秋天收获的喜悦。

家人闲话时，常常说到家中的两个淘气包——两只猫；说到一只小壁虎，它每天黄昏爬上纱窗捉蚊子，恪尽职守；说到在杂物棚里呼呼大睡的小刺猬，肚皮有节奏地一凸一凹，煞是好看。也说到蟋蟀，这小家伙，为整个秋天振翅长鸣，不惜用尽丹田之气。它的歌声使人燥热的梦凉爽了，使人凄清的梦温暖了。我们还讨论了它的各种名字：蟋蟀，俗名蛐蛐，一名蛬，一名促织。

促织这两个字很美，据说是模仿虫鸣声，声音似并不大像，却给人许多联想。促织，可以想到催促纺织，催促劳动，提醒人一年过去了大半，劳动成果已在手边，还得再接再厉。

《聊斋志异》中有《促织》一篇，写官府逼人上交蟋蟀，九岁孩童为了父母身家性命，魂投蟋蟀之身。以人的智慧对付虫，当然所向披靡。这篇故事不只写出以皇帝为首的统治者的暴虐荒唐，更写出了人的精神力量。生不可为之事，死以魂魄为之！这是一种执着，奋斗，无畏无惧，山河为动，金石为开的力量。

近来，我非常不合潮流地厌恶"潇洒"这两个字。这两个字已被用得极不潇洒了，几乎成了不负责任的代名词。潇洒，得有坚实的根底，是有源有本，是自然而然的一种人格体现，不是凭空追求能得到的。晋人风流的底是真情，晚明小品空灵闲适的底是妙赏。没有底，只是哼哼唧唧自哀自怜，或刻意作潇洒状，徒然令人生厌。

听得一位教师说，她班上有一个学生既聪明，又勤奋，决不浪费时间。她向别的同学推广，有些人竟嗤之以鼻，说："太牲了!"经过解释，才知道牲者畜牲也，意思是太不像人了。

究竟怎样才像人？才是人？才能做与"天地参"的人？只是潇洒么？只是好玩么？

听听那小蟋蟀！它还在奋力认真地唱出自己的歌!

促织，促——织——

一九九四年八月

原载《散文》（海外版）一九九五年一月号

那青草覆盖的地方

那青草覆盖的地方，藏着一段历史和我一生中最美好的记忆。

清华园内工字厅西南，有一片小树林。幼时觉得树高草密，一条小径弯曲通过，很是深幽，是捉迷藏的好地方。树林的西南有三座房屋，当时称为甲、乙、丙三所。甲所是校长住宅。最靠近树林的是乙所。乙所东、北两面都是树林，南面与甲所相邻，西边有一条小溪，溪水潺潺，流往工字厅后的荷花池。我们曾把折好的纸船涂上蜡，放进小溪，再跑到荷花池等候，但从没有一只船到达。

先父冯友兰先生作为哲学家、哲学史家已经载入史册。他自撰的堂联"三史释今古，六书纪贞元"，概括了自己的学术成就。他一生都在学校工作，从未离开教师的岗位，他对中国教育事业的贡献是和清华分不开的，是和清华的成长分不开的。这是历史。

一九二八年十月，他到清华工作，找到"安身立命之地"。先在南院十七号居住，一九三〇年四月迁到乙所。从此，我便在树林与溪水之间成长。抗战时，全家随学校去南方，复员后回来仍住在这里。我从成志小学、西南联大附中到清华大学，已不觉得树林有多么高大，溪水也逐渐干涸，这里已不再是儿时的快乐天地，而有了更丰富的内容。一九五二年院系调整，父亲离开了清华，以后不知什么时候，乙所被拆掉了，只剩下这一片青草覆盖的地方。

清华取消了文科，这不只是清华，也是整个教育界、学术界的重大损失。同学们现在谈起还是非常痛心。那时清华的人文学科，精英荟萃。也许不必提出什么学派之说，也许每一位先生都可以自成一家，但长期在一起难免互有熏陶，就会有一些共同的特色。不要说一个学科，就是文、理、法、工各个方面也是互相滋养的。单一的训练只能培养匠气，这一点越来越得到共识。

父亲初到清华就参与了一件大事，那就是清华的归属问题，从隶属外交部改为隶属教育部。他曾作为教授会代表到南京，参加当时清华的董事会，进行力争，经过当时的校长罗家伦和大家的努力，最后清华隶属教育部。我记得以前悬挂在西校门的牌子上就赫然写着"国立清华大学"。了解历史的人走过门前都会有一种自豪感，因为清华大学的成立，是中国近代学术独立自主的发展过程的标志。

在乙所的日子是父亲最有创造性的日子。除教书、著书以外，他一直参与学校的领导工作。一九二九年任哲学系主任，从一九三一年起任文学院院长。当时各院院长由教授会选举产生，每两年改选一次。父亲任文学院院长长达十八年，直到解放才卸去一切职务。十八年的日子里，父亲为清华文科的建设和发展做出了哪些贡献，现在还少研究。我只是相信，学富五车的清华教授们是有眼光的，不会一次又一次地选出一个无作为、不称职的人。

在清华校史中有两次危难时刻。一次是一九三〇年，罗家伦校长离校，校务会议公推冯先生主持校务，直至一九三一年四月吴南轩奉派到校。又一次是一九四八年底，临近解放，梅贻琦校长南去，校务会议又公推冯先生为校务会议代理主席，主持校务，直到一九四九年五月。世界很大，人们可以以不同的政治眼光看待事物。冯先生后来的日子是无比艰难的，但他在清华所做的一切无愧于历史的发展。

作为一个教育工作者，他爱学生。他认为清华学生是最可宝贵的，应该不受任何政治势力的伤害。他居住的乙所曾使进步学生免遭逮捕。一九三六年，国民党大肆搜捕进步学生，当时的学生领袖黄诚和姚依林躲在冯友兰家，平安度过了搜捕之夜，最近出版的《姚依林传》也记载了此事。据说当时黄诚还作了一首诗，可惜没有流传。临解放时，又有一次逮捕学生，女学生裴毓荪躲在我家天花板上。记得那一次军警深入内室，还盘问我是什么人。后来为安全计，裴毓荪转移到别处。七十年代中，毓荪学长还写过热情的来信。这样念旧的人，现在不多了。

学者们年事日高，总希望传授所学，父亲也不例外。新中国成立后他的定位是批判对象，怎敢扩大影响。但在内心深处，他有一个感叹，一种悲哀，那就是他说过的八个字："家藏万贯，膝下无儿。"形象地表现了在一个时期内，我们文化的断裂。可以庆幸的是这些年来，"三史""六书"俱在出版。一位读者来信，说他明知冯先生已去世，但他读了"贞元六书"，认为作者是不死的，所以信的上款要写作者的名字。

　　父亲对我们很少训诲，而多在潜移默化。他虽然担负着许多工作，和孩子们的接触不很多，但我们却感到他总在看着我们，关心着我们。记得一次和弟弟，还有小朋友们一起玩。那时我们常把各种杂志放在地板上铺成一条路，在上面走来走去。不知为什么他们都不理我了。我们可能发出了什么响声，父亲忽然叫我到他的书房去，拿出一本唐诗命我背，那就是我背诵的第一首诗，白居易的《百炼镜》。这些年我一直想写一个故事，题目是《铸镜人之死》。我想，铸镜人也会像铸剑人投身于火一样，为了镜的至臻完美，纵身跳入江中（"江心波上舟中铸，五月五日日午时"），化为镜的精魂。不过又有多少人了解这铸镜人的精神呢？但这故事大概也会像我的很多想法一样，埋没在脑海中了。

　　此后，背诗就成了一个习惯。父母分工，父亲管选诗，母亲管背诵。短诗一天一首，《长恨歌》《琵琶行》则分为几段，每天背一段。母亲那时的住房，三面皆窗，称为玻璃房。记得早上上学前，常背着书包，到玻璃房中，站在母亲的镜台前，背过了诗才去上学。

　　乙所中的父亲工作顺利，著述有成。母亲持家有方，孩子们的读书声笑语声常在房中飘荡。这是一个温暖幸福的家。这个家还和社会联系着，和时代联系着。不只父亲在复杂动乱的局面前不退避，母亲也不只关心自己的小家。一九三三年，日军侵犯古北口，教授夫人们赶制寒衣，送给抗日将士。一九四八年冬，清华师生员工组织了护校团，日夜巡逻，母亲用大锅熬粥，给护校的人预备夜餐。一位从联大到清华的学生，许多年后见到我时还说："我喝过你们家的粥，很暖和。"煮粥是小事，不过确实很暖和。

那青草覆盖的地方，虽然现在草还不很绿，我还是感觉到暖意。这暖意是从逝去了而深印在这片土地上的岁月来的，是从父母的根上来的，是从弥漫在水木清华间的一种文化精神的滋养和荫庇来的。我倚杖站在小溪边，惊异于自己的老而且病。以后连记忆也不会有了。这一片青草覆盖的地方，又会变成什么模样？

一九九九年四月中旬写，六月初改定
原载《永远的清华园》，北京出版社二〇〇〇年四月

从近视眼到远视眼

经过不到半小时的手术，我从近视眼一变而为远视眼。这是今年六月间的事。

我的眼睛近视由来已久。八九岁时看林译《块肉余生述》，暮色渐浓，还不肯放，现在还记得"大野沉沉如墨"的句子。抗战期间的菜油灯更是培养近视眼的好工具。五十几年，脸上从未脱离眼镜，老来患白内障，眼前更是一片迷茫，戴不戴眼镜也没有什么区别了。"老年花似雾中看"，我以为这也是人必然要经过的"老"的滋味。

可是人太可尊敬了，太伟大了，能够修理自己，让自己重又处在明亮绚丽的世界中。手术后我透过眼罩的缝隙看到地上有许多花纹，还以为眼睛出了毛病，一问才知道病房里的地板本来就有花纹，只是我原来看不见。因为感到明亮，以为房间里换了电灯泡，其实也是自己的眼睛在作怪。取下眼罩时，我先看见横过窗前的树枝，每片叶子是那样清楚，医院门前的一树马缨花，原来由家人介绍过，现在也看到了颜色。近年来我看人都只见一个轮廓，这时眼前的医生有了眉眼，我不由得欢喜地对大夫说：

“我看见你了。”

本是最亲近的家人，这些年也是模糊的。现在看到老伴的头顶只剩下不多的头发，女儿的脸上已添了几道皱纹。我猛然觉得生活是这样实在，这样暖热，因为我看到了。

病房走廊外面，是那座尼泊尔式的白塔。以前我知道那里有这座塔，家人指着说：“看呀，看呀，就在眼前。”我看不见。因为习惯了由别人代看，也不觉得懊恼。这时我特地到窗前去看，原来那塔很近，很大，很白，由蓝天衬着，看上去有几分俏皮，不是中国塔的风格。我在这塔的旁边从近视眼变成远视眼，它应该是我的朋友。

因为高度近视，将白内障取出后，不放人工晶体。结果是两眼各有几百度的远视，成了远视眼。我看不清东西时，习惯地把它拿近，反而更看不清，倒是远处的东西较清楚。虽不能像正常人，我已经很满足了。我们回家，进了西门，经过大片荷塘时，见朵朵红荷正在盛开，花瓣的线条都显得那样精神。露珠在荷叶上滚动，我几乎想走下车去摸一摸。燕南园好几栋房屋换过房顶，我第一次看清一层层的瓦。走进家门，院中的荒草好像在打招呼，说：“看看我们，早该收拾了。”我本以为我的住处很整洁，却原来只是一种幻象。现在看到的是有裂纹和水迹的房顶，白粉剥落的墙壁，还有油漆差不多褪尽的地板。而且这里那里的角落，都积有灰尘。

我看着窗外一只灰尾巴喜鹊坐在丁香的一段枯枝上，它飞走了，又一只黑尾巴喜鹊飞来。这两种喜鹊是两个家庭，“文化大革命”前就居住在这里，“文革”时鸟儿也逃难，后来迁回。这几年，鸟丁兴旺，我只听见闹喳喳，这时看得清楚，恍如旧友重逢。它们似乎也在问我:"嘿,你怎样了?"

我们素来阴暗的房间增加了亮度,我在镜中看到了自己,我有很长时间没有"自知之明"了。我相信通过爱心而做出的描述,总之是不显老。现在我看清了自己的额前沟壑,眼下丘陵。忽然想到了"不许人间见白头"这句话。看来,近视眼也有好处,让人不知道老态的存在。

我去医院复查,沿路大声念着街旁店铺的招牌:"看,这个馆子叫湘菩提。""哦!这儿还有鱼翅宴。"司机很觉莫名其妙。他哪里知道看得见的快乐。

七月六日我们去游览白塔寺,也拜访我的朋友——那座白塔。这天下着小雨,家人说,他们来来去去看见正门是不开的。我们打着伞走过去,却见正门洞开,门不高大,有七七四十九颗门钉在微雨中闪闪发亮。我们走进去,见院中有一个新铸的鼎,为西城区金融界所献,鼎上有一条彩色的龙。这鼎似乎与佛法较远。前面的殿正举行万佛艺术展,因为离得近,我反而看不清每个塑像的姿态面目。正殿供奉据说是三世佛,居中是释迦牟尼不成问题,两旁是阿弥陀佛和药师佛。我有些疑惑,觉得在别处看到的未来佛和过去佛好像不是这两位。我们走到白塔下面,塔身高五十一丈,只能看见底座,又据说转塔一周可以祈福消灾。这时一位游人——我们之外唯一的游客,她对我们说:"白塔寺正门从今天起正式开放,今天是阴历五月二十三日,好像和观音菩萨有什么关系。我们是第一批走进第一次开的正门,真是有福气。"我们绕塔一周,在塔后看到四株古老的楸树,不知有多少年了。我想如果世上真有福气,它应该属于驱逐病魔的医生们。他们使人的生命延长,他们使人离开黑暗,其实是他们给了病人福气。作为医学界代表的药师佛怎么能是过去佛呢，他应该属于未来。

医学是科学的一部分。我默默念诵，科学真是了不起！人类真是了不起！有了科学才有各种治疗，有了人的智慧才有科学。人类智慧的一大特点是有想象力，这样才能创造。千万不要扼杀想象力！人类另一个特点是能积累经验，在积累的经验上才能求得进步。不知多少治疗的经验，才捧出一双双明亮的眼睛。经验是最可宝贵的，怎能忘记！

最初的喜悦过去了。因两眼视力不平衡，我看到的世界不很端正，楼房、车辆都有些像卡通。想想也很有趣，是近视眼时，常常要犯错误。作为眼疾患者的日子，更是过得糊里糊涂。成为远视眼，又看不清近处的事。希望能逐渐得到调整，若是能够，也许日子会过得清醒些。

牛顿在他七十岁的时候，人问他得到了什么，他答道："不过在人生的海滩上拾到了一些蚌与螺。"我总觉得这句话很美，美得让我感动。

我已迈过了七十岁。回头一看，我拾到的不过是极小的石粒。如果我有一双较正常的眼睛，又不是那么糊涂，我还会多拾几颗小石粒，虽然它们很平凡，虽然它们终究都是要漏去的。

　　　　　　　　　　　　　　　九九九年七月下旬
　　　　　　　　　　原载《人民文学》一九九九年第十期

那祥云缭绕的地方

——记清华大学图书馆

图书馆，在一座大学里，永远是很重要的，教师在这里钻研学问，学子在这里发奋学习，任何的学术成就都是和图书馆分不开的。

我结识清华图书馆是从襁褓中开始的。我出生两个月，父亲执教清华，全家移居清华园。母亲在园中来去，少不得抱着我，或用婴儿车推着我。从那时，我便看见了清华图书馆。我想，最初我还不会知道那是什么。渐渐地，能认识那是一座大建筑。在上幼稚园时就知道那是图书馆了。

图书馆外面的石阶很高，里面的屋顶也很高，一进门便有一种肃穆的气氛。说来惭愧，对于孩子们，它竟是一个好玩的地方。不记得什么时候了，我第一次走进图书馆，父亲当时在楼下，向南的甬道里有一间朝东的房间，我和弟弟大概是跟着父亲走进来的。那房间很乱，堆满书籍文件，我不清楚那是办公室还是个人研究室，也许是兼而用之。每次去不能多停，我们本应立即出馆，但常做非法逗留，在房间外面玩。给我们的告诫是不准大声说话，于是我们的舌头不活动，腿却自由地活动。我们把朝南和朝西的甬道都走到头，甬道很黑，有些神秘，走在里面像是探险，有时我们去爬楼梯，跑到楼上再跑下来。我们还从楼下的饮水管中，吸满一口水，飞快地跑到楼梯顶往下吐，就听见水落地"啪"的一声，觉得真有趣。我们想笑却不敢笑，这样的活动从来没有被人发现。

上小学时学会骑车，有时由哥哥带着坐大梁，有时自己骑。当时校中人不多，路上清静，慢慢地骑着车左顾右盼很是惬意。我们从大礼堂东边绕过去，到图书馆前下车，走上台阶，再跑下来，再继续骑，算是过了一座桥。我们仰头再仰头，看这座"桥"和上面的楼顶。楼顶似乎紧接着天上的云彩。云彩大都简单，一两笔白色而已，但却使整个建筑显得丰富。多么高大，多么好看。这印象还留在我心底。

从外面看图书馆有东西两翼，东面的爬墙虎爬得很高，西面的窗外有一排紫荆树。那紫色很好看，可是我不喜欢紫荆，对于看不出花瓣的花朵我很不以为然。有人说紫荆是清华的校花，如果真是这样，当然要刮目相看。

抗战开始，我们离开清华园，一去八年，对北平的思念其实是对清华园的思念。在清华园中长大的孩子对北平的印象不够丰富，而梦里塞满了树林、小路、荷塘和那一片包括大礼堂、工字厅等处的祥云缭绕的地方。胜利以后，我进入清华外文系学习，在家中虽然有一个小天地，图书馆是少不得要去的。我喜欢那大阅览室，这里是那样安静，每个人都在专心地读书，只有轻微的翻书页的声音。几个大字典架靠墙站着，字典永远是打开的，不时有人翻阅。我总是坐在最里面的一张桌上，因为出入都要走一段路，就可以让自己多坐一会儿。在那里看一些参考书，做各种作业。在家里写不出的作文，在图书馆里似乎是被那种气氛感染，很快便写出来。当然也有时在图书馆做功课不顺利，在家中自己的小天地里做得很快。

在这一段日子里，我惊异地发现图书馆变得越来越小，不像儿时印象中那样高大，但它仍是壮丽的，也常有一两笔白色的云依在楼顶。

四年级时，便要做毕业论文，可以进入书库。置身于书库中，真像是置身于一个智慧的海洋，还有那清华图书馆著名的玻璃地板，半透明的。让人觉得像是走在湖水上，也像是走在云彩上，真是祥云缭绕了。我的论文题目是托马斯·哈代的诗，本来我喜欢哈代的小说，后来发现他写诗也是大家，深刻而有感染力，便选了他的诗做论文题目。导师是美国教授温德。在书库里流连徜徉真是乐事，只是在当时火热的革命形势中，不很心安理得，觉得喜欢书库是一种落后的表现。直到以后很多年，经过时间的洗磨，又经过不断改造，我只记得曾以哈代为题做毕业论文，内容却记不起了。有一次，偶然读到卞之琳翻译的哈代的诗，竟惊奇哈代的诗原来这样好。

那时，图书馆里有教室。邓以蛰的美学，便是在图书馆里授课，在哪间房间记不起了。这门课除我之外还有一个男生，邓先生却像有一百个听众似的，每次都做了充分准备，带了许多图片，为我们放幻灯片。幻灯片里有许多名画和建筑，我在这里第一次看见蒙娜丽莎，可惜不记得邓先生的讲解了。这门课告诉我们，科学的顶端是数学，艺术的顶端是音乐。只是当时没有音响设备，课上没有听音乐。

父亲在图书馆楼下仍有一个房间，我有时去看看。常见隔壁的房门敞开着，哲学系学长唐稚松在里面读书，唐兄先学哲学又学数学，在"计算机科学与软件工程"方面有重大成就，享有国际声誉。我们在电话中谈起图书馆，谈起清华，都认为清华教我们自强、严谨，要有创造性，终身不能忘。

从清华图书馆里走出来的还有少年闻一多和青年曹禺。闻一多一九一二年入清华学堂，在清华学习九年，少不了要在图书馆读书。九年中他在课余写的旧体诗文自编为《古瓦集》，去年经整理后出版。可惜我目力太弱，已不能阅读，只能抚摸那典雅的蓝缎面，让想象飞翔在那一片彩云之上。

曹禺的第一部剧作《雷雨》是在清华图书馆里写成的。我想那文科的教育，外国文学的熏陶，那祥云缭绕的书库，无疑会影响着曹禺的成熟和发展。我们不能说清华给了我们一个曹禺，但我们可以说清华有助于万家宝成为曹禺。我想，演员若能扮演曹禺剧中人物，是一种幸运。他的台词几乎不用背，自然就会记得。"太阳出来了，黑暗留在后头，但是太阳不是我们的，我们要睡了。"上中学时，如果有人说一句"太阳出来了"，立刻会有人接上"黑暗留在后头"。"我的中国名字叫张乔治，外国名字叫乔治张"，短短两句话给了多么宽广的表演天地。也许这是外行话，但这是我的感受。

从图书馆走出的还有许多在各方面有成就的人，无论成就大小、贡献大小，都是促使社会进步的力量，想来在清华献出了毕生精力的教职员工都会感到安慰。

我已经把哈代忘了许多年。忽然有一天，清华图书馆韦老师告知我，清华图书馆中保存了我的毕业论文，这真是意外之喜。后知馆中还存有一九五〇、五一级的部分论文。我即分告同班诸友，大家都很高兴。韦老师寄来了我的论文复印件，可翻译为《哈代诗歌中的必然观念》，厚厚的有二十七页。我拿到这一册东西，仿佛看见了五十年前的自己，全部文章是我自己打出来的，记得为打这篇论文，我特地学了英文打字。原来我是想写一本研究哈代的书，这论文不过是第一章。生活里是要不断地忘记许多事，不然会太沉重，忘得太多却也可惜。我在论文的序言中说，希望以后有时间真写出一本研究哈代的专著以完夙愿。这夙愿看来是完不成了。我已告别阅读，无法再读哈代，也无法读自己五十年前写的文字。我想，若是能读，也读不懂了。

今年夏天，目疾稍稳定，去清华参观新安排的"冯友兰文库"，顺便也到图书馆看看。大阅览室依旧，许多同学在埋头读书，安静极了。若是五年换一届学生，这里已换过十届了。岁月流逝，一届届学生的黑发变成银丝，但那自强不息的精神永在。

原载《不尽书缘》，清华大学出版社二〇〇一年

二十四番花信

今年春来早，繁忙的花事也提早开始，较常年约早一个节气。没有乍暖还寒，没有春寒料峭。一天，在钟亭小山下散步，忽见，乾隆御碑旁边那树桃花已经盛开。我常说桃花冒着春寒开放很是勇敢，今年开得轻易不需要很大勇气，只是衬着背后光秃的土山，还可以显出它是报春的先行者。

迎春、连翘争相开花，黄灿灿的一片。我很长时期弄不清这两种植物的区别，常常张冠李戴，未免有些烦恼，也曾在别的文章里写过。最近终于弄清，迎春的枝条呈拱形，有角棱，连翘的枝条中空。原以为我家月洞门的黄花是迎春，其实是连翘，有仲折来的中空的枝条为证。

报春少不了二月兰。今年二月兰又逢大年，各家园子里都是一大片紫色的地毯。它们有一种淡淡的香气，显然是野花的香气。去冬，往病房送过一株风信子，也是这样的气味。

榆叶梅跟着开了，附近的几株都是我们的朋友，哪一株大，哪一株小，哪一株颜色深，哪一株颜色浅，我们都再熟悉不过。园边一排树中，有一株很高大，花的颜色也深，原来不求甚解地以为它是榆叶梅中的一种。今年才知道，这是一棵朱砂碧桃。"天上碧桃和露种"，当然是名贵的，它若知我一直把它看作榆叶梅，可能会大大地不高兴。

　　紧接着便是那若有若无的幽香提醒着丁香上场了。窗前的一株已伴我四十余年。以前伏案写作时，只觉香气直透毫端，花墙边的一株是我手植，现在已高过花墙许多。几树丁香都不是往年那种微雨中淡淡的情调，而是尽情地开放，满树雪白的花，简直是光华夺目。我已不再持毫，缠绕我的是病痛和焦虑，幸有这光亮和香气，透过黑夜，沁进窗来，稍稍抚慰着我不安的梦。

　　我为病所拘，只能就近寻春，以为看不到玉兰和海棠了。不想，旧地质楼前忽见一株海棠正在怒放，迎着我们的漫步。燕园本来有好几株大海棠，不知它们犯了何罪，"文革"中统统被砍去，现在这一株大概是后来补种的。海棠的花最当得起"花团锦簇"这几个字。东坡诗句"只恐夜深花睡去，故烧高烛照红妆"，照的就是海棠。海棠虽美，只是无香，古人认为这是一大憾事。若是无香要扣分，花的美貌也可以平均过来了。再想想，世事怎能都那么圆满。

　　又一天，走到临湖轩，见那高松墙变成了短绿篱，门开着，便走进去，晴空中见一根光亮的蛛丝在袅动，忽然想起《牡丹亭》中那句"袅晴思，吹来闲庭院，摇漾春如线"。这句子可怎么翻译，我多管闲事地发愁。上了台阶，本来是空空的庭院，现在觉得眼睛里很满，原来是两株高大的玉兰，不知何时种的。玉兰正在开花，虽已过了最盛期，仍是满树雪白。那白花和丁香不同，显得凝重得多。地下片片落花也各有姿态，我们看了树上的花，又把脚下的花看了片刻。

　　蔡元培像旁有一株树，叶子是红的，我们叫它红叶李。从临湖轩出来走到这里，忽见它也是满树的花。又过了两天，再去寻时，已经一朵花也看不见了。真令人诧异不止。

　　"我一生儿，爱好是天然。"花朵怎能老在枝头呢，万物消长是大自然的规律。

　　柳絮开始乱扑人面。我和仲走在小路上，踏着春光，小心翼翼地，珍惜地。不知何时，那棵朱砂碧桃的满树繁花也已谢尽，枝条空空的，连地上也不见花瓣。别的花也会跟着退场的。有上场，有退场，人，也是一样。

二〇〇二年春末

原载《书摘》二〇〇三年第二期

铁箫声幽

常觉得我们这一代人很幸运。旧书虽念得不多，还知道些；西书了解不深，总也接触过。没有赶上裹小脚、穿耳朵，长达半尺的高跷似的高跟鞋也还未兴起。精神尚不贫乏，肉体不受虐待，经历更是非凡。抗战那一段体会了人的最高贵的精神、信念与坚忍；"文革"那一段阅尽了人的狠毒与可悲。我们的生活很丰富，其中有一项看来普通、现在却让人羡慕、值得大书特书的，那就是，我们有兄弟姊妹。

传统文化讲五伦，其中之一是兄弟。常听见现在的中年人说，他们最羡慕的就是别人有兄弟姊妹。想想我的童年，如果没有我的哥哥和弟弟，我不会长成现在的我。

我们兄弟姊妹四人，大姐钟琏长我九岁，所以接触较少，哥哥钟辽长我四岁，弟弟钟越小我三岁。整个的童年是和哥哥、弟弟一起度过的。抗战胜利，我们回到北平，回到白米斜街旧宅中，这座房屋是父母的唯一房产。有一间屋子堆满了东西，和走的时候完全一样。那时冬日取暖用很高的铁炉，称为洋炉子。烧硬煤，热力很大，便有炉挡，是洋铁皮做成的，从前常在上面烤衣服。我们看到那铁炉依旧，炉挡依旧。最有趣的是炉挡上面写了两行字，也赫然依旧。这两行字是："立约人：冯钟辽、冯钟璞。只许她打他，不许他打她。"当时在场的人无不失笑。父亲说："这是什么不平等条约！"那时哥哥已经去美国留学，那条约也因炉挡的启用擦去了，他没有再见到我们的不平等条约。

我已不大记得怎么会立下那不平等条约，却有些小事历历如在目前。清华园乙所的住宅中有一间储藏室，靠东墙冬天常摆着几盆米酒，夏天常摆着两排西瓜。中间有一个小桌，孩子们有时在那里做些父母不鼓励的事。记得一天中午，趁父母午睡，哥哥在那里做"实验"，我在旁边看。他的实验是点一支蜡烛烧什么东西，实验目的我不明白。不久听见母亲说话，他急忙吹灭了蜡烛，烛泪溅在我身上。我还没有叫出来，他就捂住我的嘴，小声说："带你去骑车。"于是我们从后门溜出。哥哥的自行车很小，前后轮都光秃秃的没有挡泥板，但却是一辆正式的车，我总是坐在大梁上左顾右盼游览校园。哥哥知道我喜欢坐大梁，便用这"游览"换得我不揭发。那天的"实验"也就混过去了。

后来我要自己骑车了。我想那时的年纪不会超过九岁，大概是八岁。因为九岁那年夏天开始抗战，我们离开了清华园。我学会骑自行车完全是哥哥的力量。那时在清华园内甲乙丙三所之间有一个网球场，我们好像从来没有打过网球，只在地上弹玻璃球。我在这场地上学骑自行车，用的是哥哥的那辆小车，我骑车，他在后面扶着座位跟着跑。头一天跑了几圈，第二天又跑了几圈。我忽然看见他不跟着车了，而是站在场地旁边笑。我本来骑得很平稳了，一见他没有扶，立刻觉得要摔倒，便大叫起来。哥哥跑过来扶住，我跳下了车，捏紧拳头照他身上乱捶。他只是笑，说：“你不是会骑了吗？”我想想也是。可是，下一次还是要他扶，他也就虚应故事地跟着跑。就这样我学会了骑自行车，我可以骑姐姐的成人的女车，在清华园里转悠。常从工字厅东边沿着小河过小桥，绕过大礼堂，经过图书馆前面，再经过当时的校医院——这座建筑还在吗——最后从工字厅西面回家。有时一直骑到西院，去看看那一片荒野。当时清华园内人很少，骑车很自由。后来，上个世纪六十年代，我常骑车从灯市口到建国门去上班。我从学车起到停止骑车从未摔过跤。

到昆明以后，哥哥上中学，我和小弟上小学。我们所上的南菁学校因为躲避日本飞机的空袭，迁到昆明郊外岗头村，我们都住校，家还在城里。后来家迁到东郊龙泉镇，我们又在城里住校。不记得是怎么回事了，总之有很长一段时间我们常在周末从乡下走进城，或从城里走到乡下，一次的距离大约是二十里。我们三个人一路走一路说话，讲故事，猜谜语，对小说的回目，对的主要是《红楼梦》和《水浒》的回目，《三国演义》我不熟。还有一项重要内容是讲自己编的故事，轮流主讲。大概也是编故事的需要，三个人每人有一个国家，哥哥的国家叫“晨光国”，在北极；弟弟的国家叫“英武国”，在海底；我的国家叫“逸坚国”，在火星上。不知为什么，我从小便对火星有兴趣，到现在也觉得火星很亲切。我的兄、弟后来都是工程师，但他们在文艺方面的天赋绝不逊于我，故事编得很热闹，可惜我都不记得了。

家里孩子多，吃饭就成为一个有趣的局面。我小时有一个习惯，就是喜欢脱鞋。尤其是在吃饭的时候，觉得脱了鞋最舒服。这时，哥哥就会把鞋拿走藏起来，我便闹着要鞋，弟弟便会找鞋，常常是笑作一团。到后来还是哥哥把鞋拿出来，我又赖着不肯穿。直到母亲发话："不要闹了。"才算安静下来。

后来我上了联大附中，一度在城里住校。那时联大附中没有宿舍，甚至没有校舍，不知是借的哪里的一个大房间，大家打地铺。一次我生病了，别人都去上课，我昏昏沉沉地躺在空荡荡的大房间里。"妹"，是哥哥的声音，睁眼只见他蹲在我的"床"边。他送来一碗米线，碗里有一个鸡蛋。

哥哥于一九四二年考入西南联大机械系，他不用功，却热心演话剧。参加演出过曹禺的《家》，饰演觉新。我和小弟随父母去看演出那一晚，在高老太爷去世那一场，哥哥把觉新头上的孝布去掉了，为的是怕母亲看了不高兴。他还写小说，我还记得他有一篇小说的第一句是"不疾不徐的雨"。他的文字是很好的，字也写得好，还会刻图章。那时的男孩似乎都会刻图章。他大学二年级时志愿参加远征军，在反法西斯战争中做出了贡献。有一次他从滇西回昆明度假，看见我的头发长了，要给我剪一剪。他说："头发为什么要剪成那样齐？剪成波浪式的不好吗？"当时大家都认为他很荒谬，没想到几十年后头发真的不以"齐"为美了。抗战胜利后，哥哥获得美国总统自由勋章，获得此项勋章的翻译官共二十二人。我曾想就此写一篇文章，介绍这些好男儿，因为要用一些英文材料，我的眼睛已坏，不能阅读，便放弃了。文章虽然没有写，对那些投笔从戎的大哥哥们，无论得没得勋章，我都永远怀有敬意。

后来，哥哥到美国就读于宾夕法尼亚大学，继续读机械系，也继续开展他多方面的兴趣。他喜欢击剑，入选了校队，代表学校出去比赛；还学过几个月芭蕾舞。工作以后学会开飞机，曾开着飞机从所住城市到另一城市去看望朋友，乘客只有一人，就是我后来的嫂嫂李文沛。上世纪七十年代哥哥一家回来探亲，说到此事，父亲说："敢开飞机倒不稀奇，难得的是有人敢坐。"大学毕业以后，他根据兴趣又读了数学、物理两个专业。至今他还在研究有关电的问题，前两年曾回国参加静电学会的活动，但是他的理论很少人支持。前些时，哥哥来电话，告诉我一个不幸的事件，他的钱包丢了。别的都没有关系，只是其中的飞机驾驶执照也丢了，他觉得是一大损失。我安慰道："你反正也不开飞机了。"他沉默了片刻，说："用不着了——也不可能再补发了。"

九十年代初，我出版了一本散文集，书名为《铁箫人语》。取这个名字是因为家里有一只铁箫。书出版后不久，南京的"洞箫博物馆"——也许是"乐器博物馆"——来人要求看一看铁箫。他们说他们藏有铜箫，还没有见过铁箫。我把箫拿给他们看，他们观看良久，又试吹过，承认它是一只箫。但我想大概不是很合格。然而它究竟是一只箫，而且是铁箫。我还为这只铁箫写了一小段题记：

> 我家有一只铁箫。
>
> 那是真正的铁箫。一段顽铁，凿有七孔，拿着十分沉重，吹着却易发声。声音较竹箫厚实，悠远，如同哀怨的呜咽，又如同低沉的歌唱。听的人大概很难想象这声音发自一段顽铁。
>
> 铁质硬于石，箫声柔如水；铁不能弯，箫声曲折。顽铁自有了比干七窍之心，便将美好的声音送往晴空和月下，在松阴与竹影中飘荡，透入人的躯壳，然后把躯壳抛开了。

哦，还有个吹箫人呢，那吹箫人，在哪里？

吹箫人可以吹出不同的曲调，而铁箫只有一个。

是谁制作了这只铁箫？制作了这只可以从箫声和箫的本身引出许多联想的铁箫？是我的哥哥——冯钟辽。

箫属于中国文化，可以引起许多中国式的联想，都是陈词，也就不必说了。依我的极为有限的见闻，在冯钟辽做这只箫以前，我从没听说过铁箫。它既是乐器，又可以做武器。我常想，最好能有一位女侠，用的兵器是铁箫；抡圆了可以自卫救人，扫尽人间不平事；吹响了可以自娱娱人，此曲只应天上来。也许，我哪天真会写出一篇武侠小说来。

在昆明时生活很艰苦，最常用的乐器只是口琴。母亲吹箫，当时家中有两只玉屏箫，母亲时常吹奏的乐曲是《苏武牧羊》。哥哥制作铁箫便是受竹箫的启发，用一根现成的废铁管，根据一点点中学物理知识，钻几个洞，居然可以吹出曲调，大家都很高兴。我们就是这样因陋就简，使得生活充实而丰富。

哥哥制作铁箫，只不过是他众多兴趣中的一项。他现在最主要的兴趣还是在电学。八十八岁了，仍不断做实验。我说："可别像苏东坡一样，为制墨，把房子烧了。"哥哥的科学知识当然比东坡强多了，房子是不会烧的。但是实验做起来也颇麻烦，哥哥却乐此不疲。在他自己的实验的过程中，就有了辉煌。

二〇一二年二月三日

原载《随笔》二〇一二年第三期

云在青天

———————————

二〇一二年九月九日，我离开了北京大学燕南园，迁往北京郊区。我在燕南园居住了六十年。六十年真的很长，我从满头黑发的青年人变成发苍苍而视茫茫的老妪。可是回想起来也只是一转眼的工夫。六十年中的三十八年，我有父母可依。还有二十二年，是我自己的日子。在这里，在燕南园，我送走了母亲（一九七七年）和父亲（一九九〇年），也送走了夫君蔡仲德（二〇〇四年）。最后八年，陪伴着我的是花草树木。

九月间玉簪花正在怒放，小院里两行晶莹的白。满院里都飘浮着香气。我们把玉簪花称为五十七号的院花，花开时我总要摘几朵养在瓶里，便是满屋的香气。我还想挖几棵带到新居，但又想，今年天气已渐冷，不是移植的时候了。它们在甬路边静静地看着我离开，那香气随着我走了很远。

院里的三棵松树现在只剩两棵，其中一棵还是后来补种的。原有的一棵总是那么地枝繁叶茂，一层层枝干遮住屋檐的一角，我常觉得它保护着我们。这几年，只要我能走动，便在它周围走几步，抱一抱它。现在，我在它身边的时间越来越短，因为已不能久站。我离开的时候，特意走到它身旁拥抱它，向它告别。如果它开口讲话，我也不会奇怪。

北京大学哲学系主任王博和几位朋友来送我，我把房屋的钥匙交给王博。是他最早提出建立故居的想法。我再来时将是一个参观者。我看了一眼门前的竹子，摸了一下院门两旁小石狮子的头，上了车，向车窗外无目标地招手。

车开了，我没有回头。

决定搬家以后，我尽量找机会再去亲近一下燕园，最主要的当然是未名湖。湖北端的那条石鱼还在，在它的鳍背上缠绕着我儿时的梦。九岁那年，抗日战争爆发，我曾在燕园暂住，常来湖边玩耍，看望这条石鱼。七十多年过去了，我长大了，它还依旧。

现在湖北侧的四扇屏一带有几株蜡梅，不过我很少看见它的花，以后也不会看见了。从这里向湖上望去，湖光塔影尽收眼底，对岸的花神庙和石桥也是绝妙的点缀。从几座红楼前向湖边走去时，先看见的是湖边低垂的杨柳和它后面明亮的水光。不由得想到"杨柳依依"这四个字。它柔软的枝条是这样婉转妩媚，真好像缠绕着无限的惜别之情。那"依依"两个字，真亏古人怎么想得出来！每次到这里，我总要让车子停住，看一会儿。

在燕园流连的时候，我总在想一件事，在我离开家的时候，正确地说是离开那座庭院的时候，我会不会哭。

车子驶出了燕南园，我没有回头，也没有哭。

有人奇怪，我怎么还会有搬家的兴致。也有朋友关心地一再劝说老年人不适合搬家。但这不是我能够考虑的问题。因为"三松堂"有它自己的道路。一九五二年院系调整，冯友兰先生从清华园乙所迁到北大燕南园五十四号。一九五七年开始住在五十七号。他在这里写出了他最后一部巨著《中国哲学史新编》。他在《自传》的《序言》中有几句话："三松堂者，北京大学燕南园之一眷属宿舍也，余家寓此凡三十年矣。十年动乱殆将逐出，幸而得免。庭中有三松，抚而盘桓，较渊明犹多其二焉。"这是"三松堂"的得名由来。北京大学已经决定将"三松堂"建成冯友兰故居，以纪念这一段历史，并留下一个完整的古迹。这是十分恰当的，也是我求之不得的。我必须搬家，离开我住了六十年的地方。

搬家就需要整理东西，我眼看着凌乱的弃物，忽然觉得我很幸运，我在生前看到了死后的情景。"三松堂"内的书籍我已先后做了多次捐赠。父亲在世时，便将一套《百衲本二十四史》赠给家乡唐河县图书馆。父亲去世后，两三年间，我将藏书的大部分，包括《丛书集成》和《四部丛刊》等分批赠给清华大学思想文化研究所，他们设立了冯友兰文库，后转归历史系，两个大房间装满了一排排的书，能在里面徜徉必是一件乐事。现在做最后的清理，将父亲著作的各种版本和其他的书一千余册赠清华大学图书馆。我曾勉力翻检这批书，有些是我从未见过的，书名也没听说过。如有一本《佛国碧缘击节》，很大的一本书，装帧极好。我很想看一看内容，可是只能用手摸摸。清华大学图书馆很快建立了一间冯友兰纪念室，陈设这些书籍。河南南阳卧龙区档案馆行动较早，几年前便要去了书房、卧室的主要家具。唐河县冯友兰纪念馆建成后，我也赠予了少量家具和衣物等。还有父亲在世时为唐河县美学学会写的一幅字，可能这个组织后来没有成立，这幅字就留在家里。现在正好作为唐河县纪念馆的镇馆之宝。韩国檀国大学有教师在北大学习，知道要建冯友兰故居，便来联系，便也赠给他们几件什物和书籍。他们要在学校中辟出房间，专门摆放，以纪念冯友兰先生。

最主要的东西仍留在"三松堂"，包括照片、各种文稿（含少量手稿）、信件、字画、生活用品、摆件及书籍和家具，还有父亲写的几帧条幅。这里的东西有的并不止限于六十年，几个书柜是从上世纪三十年代便在清华园乙所摆放过的。多年不曾开过的抽屉里，有一叠信封，上印"昆明国立西南联合大学冯笺"，是父亲没有用完的信封。一个旧式的极朴素的座钟，每半小时敲打一次，夜里也负责任地报时。父亲不以为扰，如果哪天不响，反而会觉得少了什么。院中的石磨是母亲用来磨豆浆的，三年困难时期母亲想改善我们的生活，不知从哪里得来这个石磨，但实际没有磨出多少豆浆。这些东西，般般件件都有一个小故事。将来建成后的冯友兰故居，有他的内容在，有他的灵魂在。

我们还发现了一份完整的手稿《新理学答问》。纸已经变黄变脆，字迹却还可以看清。我决定将它送给国家图书馆。在那里已经有了《新世训》《新原人》的手稿，让它们一起迎接未来。

东西是一件一件陆续积累的，散去也不容易，我一批一批安排它们的去处。到现在已近一年，可以说才进入尾声。在这段时间里，一切都进行得很自然，我没有一点感伤。一切事物聚到头，终究要散去的，散往各方，犹如天上的白云。

最有影响的是冯友兰的著作。西南联大校友吴大昌写信来，说他看到了二〇一二年出版的一本书《冯友兰论人生》，其中一篇文章《论悲观》是为他写的。一九三九年在昆明，他向冯先生请教人生问题，冯先生为回答他的问题写了这篇文章，他得到了帮助。他说："我是一个受益的学生。我钦佩他的博学深思，也感谢他热心助人。"这都是中国哲学的力量。学中国哲学是一种受用。近年来，有一百多家出版社出版了冯友兰的著作。海外关于冯著的出版也从未断绝。《中国哲学简史》一九四八年问世以来，一直行销不衰。"贞元六书"中的《新原道》于一九四六年经英国人 Hughs 译成英文，名为《中国哲学之精神》在伦敦出版。我一直以为这本书没有能够再版。最近得到消息，这本书在这几十年间，一直有英、美数家出版社出版，隔几年便出一次，最近的一次在二〇〇五年。我非常惊异这本书的生命力，和冯著其他书一样，"文章自有命，不仗史笔垂"，它们勇敢地活着，把力量传播到四方，如同云在青天。

在这个世界上有很多不公道，但还是善良的人居多。对那些关心我、帮助我的人，我永远怀着感激之情。有些帮助是需要勇气的。从这里我看到人的高贵，一些小事也是历历在目。就燕园而言，北大校方对我时有照顾。还有那些不知名的人。地震期间，来帮助搭地震棚的学生和教师，他们走过这里便来帮忙。一次修房，需要把东西搬开，有一个班的学生来义务劳动，很是辛苦。就在我离开燕园的前几天，有人在信箱里放了一张复印件，那是一篇关于父亲的文章（《1948—1949，冯友兰再掌清华》）。放的人大概怕我没有看到。一切的好意我都知晓、领受，不能忘记。

一次从外面回来，下车时，一位中年人过来搀扶，原来是一位参观者。还有一位参观者从四川来，很想向冯先生的照片礼拜一番。当时我的原则是，室内不开放，只能在园内参观。不料，这位先生在甬路上下跪，恭敬地三叩首，然后离去。一位北大校友来信说，他在学校五年，没有到过燕南园。现在要回学校来，目的之一是看看"三松堂"。隔些时就有人来看望"三松堂"，多年来一直是这样。这里仿佛有一个气场，在屋内的房间里，也在屋外的松竹间，充满着"蜡炬成灰泪始干"的执着和对文化的敬重，还有对生活的宽容和谅解。现在，这里将建为冯友兰故居，可以得到大家的亲近。希望这里能继续为来者提供少许的明白和润泽。

　　我离开了。我没有回头，也没有哭。

二〇一三年二月

原载《文汇报》二〇一三年六月十日

辑三

仙踪何处

柳　信

────────────

今年的春，来得特别踌躇、迟疑，乍暖还寒，翻来覆去，仿佛总下不定决心。但是路边的杨柳，不知不觉间已绿了起来，绿得这样浅，这样轻，远望去迷迷蒙蒙，像是一片轻盈的、明亮的雾。我窗前的一株垂柳，也不知不觉在枝条上缀满新芽，泛出轻浅的绿，随着冷风，自如地拂动。这园中原有许多花木，这些年也和人一样，经历了各种斧钺虫豸之灾，只剩下一园黄土、几株俗称瓜子碴的树。还有这棵杨柳，年复一年，只管自己绿着。

少年时候，每到春天，见杨柳枝头一夜间染上了新绿，总是兴高采烈，觉得欢喜极了，轻快极了，好像那生命的颜色也染透了心头。曾在中学作文里写过这样几句：

嫩绿的春天又来了
看那陌头的杨柳色
世界上的生命都聚集在那儿了
不是么？
那年轻的眼睛般的鲜亮呵——

老师在这最后一句旁边打了密密的圈。我便想，应该圈点的，不是这段文字，而是那碧玉妆成、绿丝绦般的杨柳。

于是许多年来，便想写一篇《杨柳辩》。因为人们历来并不认为杨柳是该圈点的，总是以松柏喻坚贞，以蒲柳比轻贱。现在呢，"辩"的锐气已消，尚幸并未全然麻木，还能感觉到那柳枝透露的春消息。

抗战期间在南方，为躲避空袭，我们住在郊外一个庙里。这庙坐落在村庄附近的小山顶上，山上蓊蓊郁郁，长满了各样的树木。一条歪斜的、可容下一辆马车的石板路，从山脚蜿蜒而上。路边满是木香花，春来结成两道霜雪覆盖的花墙。花墙上飘着垂柳，绿白相映，绿的格外鲜嫩，白的格外皎洁。柳丝拂动，花儿也随着有节奏地摇头。

庙的右侧，有一个小山坡，草很深，杂生着野花，最多的是野杜鹃，在绿色的底子上形成红白的花纹。坡下有一条深沟，沟上横生着一株柳树，据说是雷击倒的。虽然倒着，还是每年发芽。靠山坡的一头有一个斜生的枝杈，总是长满长长的柳丝，一年有大半年绿莹莹的，好像一把撑开的绿伞。我和弟弟经常在这柳桥上跑来跑去，采野花，捉迷藏，不用树和灌木，只是草，已足够把我们藏起来了。

一个残冬，我家的小花猫死了。昆明的猫很娇贵，养大是不容易的。那是我第一次看到什么是死。它躺着，闭着眼。我和弟弟用猪肝拌了饭，放在它嘴边，它仍一动也不动。"它死了。"母亲说，"埋了吧。"我们呆呆地看着那显得格外瘦小的猫，弟弟呜呜地哭了。我心里像堵上了什么，看了半天，还不离开。

"埋了吧，以后再买一只。"母亲安慰地说。

我作了一篇祭文，记得有"呜呼小花"一类的话，放在小猫身上。我们抬着盒子，来到山坡。我一眼便看中那柳伞下的地方，虽然当时只有枯枝。我们掘了浅浅的坑，埋葬了小猫。冷风在树木间吹动，我们那时都穿得十分单薄，不足以御寒的。我拉着弟弟的手，呆呆地站着，好像再也提不起玩的兴致了。

忽然间，那晃动的枯枝上透出一点青绿色，照亮了我们的眼睛，那枝头竟然有一点嫩芽了，多鲜多亮啊！我猛然觉得心头轻松好多。"杨柳绿了，杨柳绿了……"我轻轻地反复在心里念诵着。那时我的词汇里还没有"生命"这些字眼，但觉得自己又有了精神，一切都又有了希望似的。

时光流去了近四十年，我已经历了好多次的死别，到一九七七年，连我的母亲也撒手别去了。我们家里，最不能想象的就是没有我们的母亲了。母亲病重时，父亲说过一句话："没有你娘，这房子太空。"这房子里怎能没有母亲料理家务来去的身影，怎能没有母亲照顾每一个人、关怀每一个人的呵斥和提醒，那充满乡土风味的话音呢！然而母亲毕竟去了，抛下了年迈的父亲。母亲在病榻上时，用力抓着我的手说过，她放心，因为她的儿女是好的。

我是尽量想做到让母亲放心的。我忙着料理许多事，甚至没有好好哭一场。

两个多月过去，时届深秋。园中衰草凄迷，落叶堆积。我从外面回来，走进藏在衰草落叶中的小径——这小径，我曾在深夜里走过多少次啊。请医生，灌氧气，到医院送汤送药，但终于抵挡不住人生大限的到来。我茫然地打量着这园子，这时，侄儿迎上来说，家里的大猫——狮子死了，是让人用鸟枪打死的，已经埋了。

这是母亲喜欢的猫，是一只雪白的狮子猫，眼睛是蓝的，在灯下闪着红光。这两个月，它天天坐在母亲房门外等，也没等得见母亲出来。我没有问埋在哪里，无非是在这一派清冷荒凉之中罢了。我却格外清楚地知道，再没有母亲来安慰我了，再没有母亲许诺我要的一切了。

深秋将落叶吹得团团转，枯草像是久未梳理的乱发，竖起来又倒下去。我的心直往下沉，往下沉——忽然，我看见几缕绿色在冷风中瑟瑟地抖颤，原来是窗前那株柳树。在冬日的萧索中，柳色有些黯淡，但在一片枯草之间，它是绿着。"这容易生长的、到处都有的、普通的柳树，并不怕冷。"我想着，觉得很安慰，仿佛得到了支持似的。

清明时节，我们将柳枝插在门外，据说可以避邪；又选了两枝，插在母亲骨灰盒旁的花瓶里。柳枝并不想跻身松柏等岁寒之友中，它只是努力尽自己的本分，尽量绿得长一些，就像一个普通正常的母亲、平凡清白的人一样。

柳枝正绿着，衬托着万紫千红。这丝丝垂柳，是会织出大好春光的。

一九八〇年四月
原载《福建文艺》一九八〇年第九期

水仙辞

仲上课回来，带回两头水仙。可不是，在不知不觉间，一年只剩下一个多月了，已到了养水仙的时候。

许多年来，每年冬天都要在案头供一盆水仙。近十年，却疏远了这点情趣。现在猛一见胖胖的茎块中顶出的嫩芽，往事也从密封着的心底涌了出来。水仙可以回来，希望可以回来，往事也可以再现，但死去的人，是不会活转来了。

记得城居那十多年，澂莱与我们为伴。案头水仙，很得她关注，换水、洗石子都是她照管。绿色的芽，渐渐长成笔挺的绿叶，好像向上直指的剑。然后绿色似乎溢出了剑锋，染在屋子里。在北风呼啸中，总感到生命的气息。差不多常在最冷的时候，悄然飘来了淡淡的清冷的香气，那是水仙开了。小小的花朵或仰头或颔首，在绿叶中显得那样超脱，那样悠闲。淡黄的花心，素白的花瓣，若是单瓣，则格外神清气朗，在线条简单的花面上洋溢着一派天真。

等到花叶多了，总要用一根红绸带或红绉纸，也许是一根红线，把它轻轻拢住。那也是澂莱的事，我只管赞叹："哦，真好看。"现在案头的水仙也会长大,待到花开时,谁来操心用红带拢住它呢。

管花人离开这世界快十一个年头了。没有骨灰,没有放在盒里的一点遗物,也没有一点言语。她似乎是飘然干净地去了,在北方的冬日原野上,一轮冷月照着其寒彻骨的井水,井水浸透她的身心。谁能知道,她在那生死大限上,想喊出怎样痛彻肺腑的冤情,谁又能估量她的满腔愤懑有多么沉重!她的悲痛、愤懑以及她自己,都化作灰烟,和在祖国的天空与泥土里了。

人们常赞梅的先出,菊的晚发。我自然也敬重它们的品格气质。但在菊展上见到各种人工培养的菊花,总觉得那曲折舒卷虽然增加了许多姿态,却减少了些纯朴自然。梅之成为病梅,早有定庵居士为之鸣不平了。近闻水仙也有种种雕琢,我不愿见。我喜欢它那点自然的挺拔,只凭了叶子竖立着。它竖得直,其实很脆弱,一摆布便要断的。

她也是太脆弱。只是心底的那一点固执,是无与伦比了。因为固执到不能扭曲,便只有折断。

她没有惹眼的才华,只是认真,认真到固执的地步。五十年代中,我们在文艺机关工作。有一次,组织文艺界学习中国近代史,请了专家讲演。待到一切就绪,她说:"这个月的报还没有剪完呢,回去剪报吧。"虽然她对近代史并非没有兴趣。当时确有剪报的任务,不过从未见有人使用这资料。听着嚓嚓的剪刀声,我觉得她认真得好笑。

"我答应过了。"她说。是的,她答应过了。她答应过的事,小至剪报,大至关系到身家性命,她是要做到的。哪怕那允诺在冥暗之中,从来无人知晓。

我们曾一起翻译《缪塞诗选》，其实是她翻译，我只润饰文字而已。白天工作忙，晚上常译到很晚。我嫌她太拘泥，她嫌我太自由，有时为了一个字，要争论很久。我说译诗不能太认真，因为诗本不能译。她说诗人就是认真的，译诗的人更要认真。那本小书印得不多，经过那动荡的年月，我连一本也没能留得下。绝版的书不可再得了。眼看新书一天天多起来，我指望着更好的译本。她还在业余翻译了法国长篇小说《保尔和维绮妮》，未得出版。近见报上有这部小说翻译出版的消息，想来她也会觉得安慰的。

她没有做出什么惊人的事业，那点译文也和她一样不复存在了。她从不曾想要有出类拔萃的成就，只是认真地、清白地过完了她的一生。她在人生的职责里，是个尽职的教师、科员、妻子、母亲和朋友。在到处是暗礁险滩的生活的路上，要做到尽职谈何容易！我想她是做到了。她做到了她尽力所能做到的一切，但是很少要求回报。她是这样淡泊。人们都赞水仙的淡泊，它的生命所需不过一盆清水。其实在那块茎里，已经积蓄足够的养料了。人的灵魂所能积蓄的养料，其丰富有时是更难想象的吧。

现在又有水仙在案头，我不免回想与她分手的时候。记得是澂莱到干校那年，有人从外地辗转带来两头水仙，养在"破四旧"时漏网的白瓷盆里。她走的那天，已经透出嫩芽了。当时两边屋里都凌乱不堪，只有绿芽白盆、清水和红石子，似乎还在正常秩序之中。

我们都不说话，心知她这一去归期难卜。当时每个人都不知自己明天会变成什么，去干校后命运更不可测。但也没有想到眼前就是永诀。让她回来收拾东西的时间很短，她还想为在重病中的我做一碗汤，仅只是一碗汤而已，但是来不及了。她的东西还没有收拾好，用两块布兜着，便去上车。仲草草替她扎紧，提了送她。我知道她那时担心的是我的病体，怕难见面。我倚在枕上想，我只要活着，总会有见面的一天。她临走时进房来看水仙，说了一句"别忘了换水"，便转身出去。从窗中见她笑着摆摆手。然后大门呀的一声，她走了。

那竟是最后一面！那永诀的笑容留下了，留在我心底。是她，她先走了。这些年我不常想到她。最初是不愿意想，后来就自然地把往事封埋。世事变迁，旧交散尽，也很少人谈起她这样平常的人。她自己，从来是不愿占什么位置的，哪怕在别人心中。若知道我写这篇文字，一定认为很不必，还要拉扯水仙，甚至会觉得滑稽吧。但我隔了这许多年，又在自己案头看见了水仙，是不能不写下几行的。

尽管她希望住在遗忘之乡，我知道记住她的不止我一人。我不只记住她那永诀的笑容，也记住要管好眼前的水仙花。换水、洗石子，用红带拢住那从清水中长起来的叶茎。

澂莱姓陈，原籍福建，正是盛产水仙花的地方。

一九八二年一月
原载《天津日报·文艺》一九八二年第一期

哭小弟

飞机强度研究所技术所长
冯钟越

　　我面前摆着一张名片，是小弟前年出国考察时用的。名片依旧，小弟却再也不能用它了。

　　小弟去了。小弟去的地方是千古哲人揣摩不透的地方，是各种宗教企图描绘的地方，也是每个人都会去，而且不能回来的地方。但是现在怎么能轮得到小弟！他刚五十岁，正是精力充沛，积累了丰富的学识经验，大有作为的时候，有多少事等他去做啊！医院发现他的肿瘤已相当大，需要立即手术，他还想去参加一个技术讨论会，问能不能开完会再来。他在手术后休养期间，仍在看研究所里的科研论文，还做些小翻译。直到卧床不起，他手边还留着几份国际航空材料，说是"想再看看"。他也并不全想的是工作。已是滴水不进时，他忽然说想吃虾，要对虾。他想活，他想活下去啊！

可是他去了，过早地去了。这一年多，从他生病到去世，真像是个梦，是个永远不能令人相信的梦。我总觉得他还会回来，从我们那冬夏一律显得十分荒凉的后院走到我窗下，叫一声"小姊——"。

可是他去了，过早地永远地去了。

我长小弟三岁。从我有比较完整的记忆起，生活里便有我的弟弟，一个胖胖的、可爱的小弟弟，跟在我身后。他虽然小，可是在玩耍时，他常常当老师，照顾着小朋友，让大家坐好，他站着上课，那神色真是庄严。他虽然小，在昆明的冬天里，孩子们都生冻疮，都怕用冷水洗脸，他却一点不怕。他站在山泉边，捧着一个大盆的样子，至今还十分清晰地在我眼前。

"小姊，你看，我先洗！"他高兴地叫道。

在泉水缓缓的流淌中，我们从小学、中学至大学，大部分时间都在一个学校，毕业后就各奔前程了。不知不觉间，听到人家称小弟为强度专家；不知不觉间，他担任了总工程师的职务。在那动荡不安的年月里，很难想象一个人的将来。这几年，父亲和我倒是常谈到，只要环境许可，小弟是会为国家做出点实际的事的。却不料，本是最年幼的他，竟先我们而离去了。

去年夏天，得知他患病后无法得到更好的治疗，我于八月二十日到西安。记得有一辆坐满了人的车来接我，我当时奇怪何以如此兴师动众，原来他们都是去看小弟的。到医院后，有人进病房握手，有人只在房门口默默地站一站，他们怕打扰病人，但他们一定得来看一眼。

手术时，有航空科学研究院、623所、631所的代表，弟妹、侄女和我在手术室外，还有辆轿车在医院门口。车里有许多人等着，他们一定要等着，准备随时献血。小弟如果需要把全身的血都换过，他的同志们也会给他。但是一切都没有用。肿瘤取出来了，有一个半成人的拳头大，一面已经坏死。我忽然觉得一阵胸闷，几乎透不过气来——这是在穷乡僻壤为祖国贡献着才华、血汗和生命的人啊，怎么能让这致命的东西在他身体里长到这样大！

我知道在这黄土高原上生活的艰苦，也知道住在这黄土高原上的人工作劳累，还可以想象每一点工作的进展都要经过十分恼人的迂回曲折。但我没有想到，小弟不但生活在这里，战斗在这里，而且把性命交付在这里了。他手术后回京在家休养，不到半年，就复发了。

那一段焦急的悲痛的日子，我不忍写，也不能写。每一念及，便泪下如缕，纸上一片模糊。记得每次看病，候诊室里都像公共汽车上一样拥挤。等啊等啊，盼啊盼啊，我们知道病情不可逆转，只希望能延长时间，也许会有新的办法。航空界从莫文祥同志起，还有空军领导同志都极关心他，各个方面包括医务界的朋友们也曾热情相助，我还往海外求医。然而错过了治疗时机，药物再难奏效。曾有个别的医生不耐烦地当面对小弟说，治不好了，要他"回陕西去"。小弟说起这话时仍然面带笑容，毫不介意。他始终没有失去信心，他始终没有丧失生的愿望，他还没有累够。

小弟生于北京，一九五二年从清华大学航空系毕业。他填志愿到西南，后来分配在东北，以后又调到成都、调到陕西。虽然他的血没有流在祖国的土地上，但他的汗水洒遍全国，他的精力的一点一滴都献给祖国的航空事业了。个人的功绩总是有限的，也许燃尽了自己，也不能给人一点光亮，可总是为以后的绚烂的光辉做了一点积累吧。我不大明白各种工业的复杂性，但我明白，任何事业也不是只坐在北京就能够建树的。

我曾经非常希望小弟调回北京，分担我侍奉老父的重担。他是儿子，三十年在外奔波，他不该尽些家庭的责任吗？多年来，家里有什么事，大家都会这样说："等小弟回来。""问小弟。"有时只要想到有他可问，也就安心了。现在还怎能得到这样的心安？风烛残年的父亲想儿子，尤其这几年母亲去世后，他的思念是深的，苦的，我知道，虽然他不说。现在，他永远失去他的最宝贝的小儿子了。我还曾希望在我自己走到人生的尽头，跨过那一道痛苦的门槛时，身旁的亲人中能有我的弟弟，他素来的可倚可靠会给我安慰。哪里知道，却是他先迈过了那道门槛啊！

一九八二年十月二十八日上午七时，他去了。

这一天本在意料之中，可是我怎能相信这是事实呢！他躺在那里，但他已经不是他了，已经不是我那正当盛年的弟弟，他再不会回答我们的呼唤，再不会劝阻我们的哭泣。你到哪里去了，小弟！自一九七四年沅君姑母逝世起，我家屡遭丧事，而这一次小弟的远去最是违反常规，令人难以接受！我还不得不把这消息告诉当时也在住院的老父，因为我无法回答他每天的第一句问话："今天小弟怎么样？"我必须告诉他，这是我的责任。再没有弟弟可以依靠了，再不能指望他来分担我的责任了。

父亲为他写挽联："是好党员，是好干部，壮志未酬，洒泪岂只为家痛；能娴科技，能娴艺文，全才罕遇，招魂也难再归来！"我那唯一的弟弟，永远地离去了。

他是积劳成疾，也是积郁成疾。他一天三段紧张地工作，参加各式各样的会议。每有大型试验，他事先检查到每一个螺丝钉，每一块胶布。他是三机部科技委员会委员，他曾有远见地提出多种型号研究。有一项他任主任工程师的课题研制获国防工办和三机部科技一等奖。同时他也是623所党委委员，需要在会议桌上坦率而又让人能接受地说出自己对各种事情的意见。我常想，能够"双肩挑"，是我们五十年代至六十年代初期出来的知识分子的特点。我们是在"又红又专"的要求下长大的。当然，有的人永远也没有能达到要求，像我。大多数人则挑起过重的担子，在崎岖的、荆棘丛生的，有时是此路不通的山路上行走。那几年的批判斗争是有远期效果的。他们不只是生活艰苦，过于劳累，还要担惊受怕，心里塞满想不通的事，谁又能经受得起呢！

小弟入医院前，正负责组织航空工业部系统的一个课题组，他任主任工程师。他的一个同志写信给我说，一九八一年夏天，西安一带出奇地热，几乎所有的人晚上都到室外乘凉，只有"我们的老冯"坚持伏案看资料。"有一天晚上，我去他家汇报工作，得知他经常胃痛，有时从睡眠中痛醒，工作中有时会痛得大汗淋漓，挺一会儿，又接着做了。天啊！谁又知道这是癌症！我只淡淡地说该上医院看看。回想起来，我心里很内疚！我对不起老冯，也对不起您！"

这位不相识的好同志的话使我痛哭失声！我也恨自己，恨自己没有早想到癌症对我们家族的威胁，即使没有任何症状，也该定期检查。云山阻隔，我一直以为小弟是健康的。其实他早感不适，已去过他该去的医疗单位。区一级的说是胃下垂，县一级的说是肾游走。以小弟之为人，当然不会大惊小怪，惊动大家。后来在弟妹的催促下，趁工作之便到西安检查，才做手术。如果早一年有正确的诊断和治疗，小弟还可以再为祖国工作二十年！

往者已矣。小弟一生，从没有埋怨过谁，也没有埋怨过自己，这是他的美德之一。他在病中写的诗中有两句："回首悠悠无恨事，丹心一片向将来。"他没有恨事。他虽无可以彪炳史册的丰功伟绩，却有一个普通人的认真的、勤奋的一生。历史正是由这些人写成的。

小弟白面长身，美丰仪；喜文艺，娴诗词；且工书法篆刻。父亲在挽联中说他是"全才罕遇"，实非夸张。如果他有三次生命，他的多方面的才能和精力也是用不完的；可就是这一辈子，也没有得以充分地发挥和施展。他病危弥留的时间很长，他那颗丹心，那颗想让祖国飞起来的丹心，顽强地跳动，不肯停息。他不甘心！

这样壮志未酬的人，不止他一个啊！

我哭小弟，哭他在剧痛中还拿着那本航空资料"想再看看"，哭他的"胃下垂""肾游走"；我也哭蒋筑英抱病奔波，客殇成都；我也哭罗健夫不肯一个人坐一辆汽车；我还要哭那些没有见诸报章的过早离去的我的同辈人。他们几经雪欺霜冻，好不容易奋斗着张开几片花瓣，尚未盛开，就骤然凋谢。我哭我们这迟开早谢的一代人！

已经是迟开了，让这些迟开的花朵尽可能延长他们的光彩吧。

这些天，读到许多关于这方面的文章，也读到了《痛惜之余的愿望》，稍得安慰。我盼"愿望"能成为事实，我想需要"痛惜"的事应该越来越少了。

小弟，我不哭！

一九八二年十一月

原载《人民日报》一九八二年十二月二十七日

霞落燕园

北京大学各住宅区，都有个好听的名字。朗润、蔚秀、镜春、畅春，无不引起满眼芳菲和意致疏远的联想。而燕南园只是个地理方位，说明在燕园南端而已。这个住宅区很小，共有十六栋房屋，约一半在五十年代初已分隔供两家居住，"文革"前这里住户约二十家。六十三号校长住宅自马寅初先生因过早提出人口问题而迁走后，很长时间都空着。西北角的小楼则是校党委统战部办公室，据说还是冰心前辈举行"第一次宴会"的地方。有一个游戏场，设秋千、跷板、沙坑等物。不过那时这里的子女辈多已是青年，忙着工作和改造，很少有闲情逸致来游戏。

每栋房屋照原来设计各有特点，如五十六号遍植樱花，春来如雪。周培源先生在此居住多年，我曾戏称之为周家花园，以与樱桃沟争胜。五十四号有大树桃花，从楼上倚窗而望，几乎可以伸手攀折，不过桃花映照的不是红颜，而是白发。六十一号的藤萝架依房屋形势搭成斜坡，紫色的花朵逐渐高起，直上楼台。随着时光流逝，各种花木减了许多。藤萝架已毁，桃树已斫，樱花也稀落多了。这几年万物复苏，有余力的人家都注意绿化，种些植物，却总是不时被修理下水道、铺设暖气管等工程毁去。施工的沟成年累月不填，各种器械也成年累月堆放，高高低低，颇有些惊险意味。

这只不过是最表面的变化。迁来这里已是第三十四个春天了。三十四年，可以是一个人的一辈子，做出辉煌事业的一辈子。三十四年，婴儿已过而立，中年重逢花甲，老人则不得不撒手另换世界了。燕南园里，几乎每一栋房屋都经历了丧事。

最先离去的是汤用彤先生。我们是紧邻。一九六四年的一天，他和我的父亲同往《人民日报》开会批判胡适先生，回来车到家门，他忽然说这是到了哪里，找不到自己的家。那便是中风先兆了，不久逝世。记得曾见一介兄从后角门进来，臂上挂着一根手杖。我当时想，汤先生再也用不着它了。以后在院中散步，眼前常浮现老人矮胖的身材，团团的笑脸。那时觉得死亡真是不可思议的事。

一九七七年我自己的母亲去世后，死亡不再是遥远的了，而是重重地压在心上，却又让人觉得空落落，难于填补。虽然对死亡已渐熟悉，后来得知魏建功先生在一次手术中意外地去世时，还是很惊诧。魏家迁进那座曾空了许久的六十三号院，是在七十年代初，但那时它已是个大杂院了。魏太太王碧书曾和我的母亲说起，魏先生对她说过，新中国成立以来经过多少次运动，想着这回可能不会有什么大错了，不想更错！当时两位老太太不胜慨叹的情景，宛在目前。

六十五号哲学系郑昕先生，后迁来的东语系马坚先生和抱病多年的老住户历史系齐思和先生俱以疾终。一九八二年父亲和我从美国回来不久，我的弟弟去世，在悲苦忙乱之余忽然得知五十二号黄子卿先生也去世了。黄先生除是化学家外，还擅长旧体诗，有唐人韵味。老一代专家的修养，实非后辈所能企及。

女植物学家吴素萱先生原在北大，后调植物所工作，一直没有搬家。七十年代末期，我进城开会，常与她同路。她每天六点半到公共汽车站，非常准时。我常指着校园里的植物向她请教，她都认真回答，一点也不以门外汉的愚蠢为可笑。她病逝后约半年，《人民日报》刊登了一张她在看显微镜的照片，当时传为奇谈。不过我想，这倒是这些先生们总的写照。九泉之下，所想的也是那点学问。

冯定同志是老干部，和先生们不同。在五十五号住了几十年，受批判也有几十年了。他有名句言："无错不当检讨的英雄。"不管这是针对谁的，我认为这是一句好话，一句有骨气的话。听说一个小偷到他家行窃，破窗而入，翻了半天才发现有人坐在屋中，连忙仓皇逃走。冯定对他说："下回请你从门里进来。"这位老同志在久病备受折磨之后去世了。到他为止，燕南园向人世告别的"户主"已有十人。

但上天还需要学者。一九八六年三月六日，朱光潜先生与世长辞。

朱家在"文革"后期从燕东园迁来，与人合住原统战部小楼。那时燕南园已有八十余户人家，兴建了一座公厕，可谓"文革"中的新生事物。现在又经翻修，成为园中最显眼的建筑。朱家也曾一度享用它。据朱太太奚今吾说，雨雪时先由家人扫出小路，老人再打着伞出来。令人庆幸的是北京晴天多。以后大家生活渐趋安定，便常见一位瘦小老人在校园中活动，早上举着手杖小跑，下午在体育馆前后慢走。我以为老先生大都像我父亲一样，耳目失其聪明，未必认得我。不料他还记得，还知道我的近况，不免暗自惭愧。

我没上过朱先生的课，来往也不多。一九六○年十月我调往《世界文学》编辑部，评论方面任务之一是发表古典文艺理论。我们组到的第一篇稿子是朱先生摘译的莱辛名著《拉奥孔：论画和诗的界限》，原书十六万字，朱先生摘译了两万多字，发表在一九六○年十二月的《世界文学》上。记得朱先生在译后记中论及莱辛提出的为什么拉奥孔在雕刻里不哀号在诗里却哀号的问题。他用了化美为媚的说法，并曾对我说用"媚"字译 charming 最合适。媚是流动的，不是静止的；不只有外貌的形状，还有内心的精神。"回头一笑百媚生"，那"生"字多么好！我一直记得这话。一九六一年下半年他又为我们选译了一组文艺复兴时代意大利文艺理论，都极精彩。两次译文的译后记都不长，可是都不只有材料上的帮助，且有见地。朱先生曾把文学批评分为四类，以导师自居、以法官自命、重考据和重在自己感受的印象派批评。他主张第四类，这种批评不掉书袋，却需要极高的欣赏水平，需要洞见。我看现在《读书》杂志上有些文章颇有此意。

也不记得为什么，有一次追随许多老先生到香山，一个办事人自言自语："这么多文曲星！"我便接着想，用"满天云锦"形容是否合适，满天云锦是由一片片霞彩组成的。不过那时只顾欣赏山的颜色，没有多注意人的活动。在玉华山庄一带观赏之余，我说我从未上过"鬼见愁"呢，很想爬一爬。朱先生正坐在路边石头上，忽然说，他也想爬上"鬼见愁"。那年他该是近七十了，步履仍很矫健。当时因时间关系，不能走开，便说以后再来。香山红叶的霞彩变换了二十多回，我始终没有一偿登"鬼见愁"的夙愿，也许以后真会去一次，只是永不能陪同朱先生一起登临了。

"文革"后期政协有时放电影，大家同车前往。记得一次演了一部大概名为《万紫千红》的纪录片，有些民间歌舞。回来时朱先生很高兴，说："这是中国的艺术，很美！"他说话的神气那样天真。他对生活充满了浓厚的感情和活泼泼的兴趣，也只有如此情浓的人，才能在生活里发现美，才有资格谈论美。正如他早年一篇讲人生艺术化的文章所说，文章忌俗滥，生活也忌俗滥。如季札挂剑、夷齐采薇这种严肃的态度，是道德的也是艺术的。艺术的生活又是情趣丰富的生活。要在生活中寻求趣味，不能只与蝇蛆争温饱。记得他曾与他的学生澳籍学者陈兆华去看莎士比亚的一个剧，回来要不到出租车。陈兆华为此不平，曾投书《人民日报》。老先生潇洒地认为，看到了莎剧怎样辛苦也值得。

朱先生从《给青年的十二封信》开始，便和青年人保持着联系。我们这一批青年人已变为中年而接近老年了，我想他还有真正的青年朋友，这是毕生从事教育的老先生之福。就朱先生来说，其中必有奚先生内助之功，因为这需要精力、时间。他曾要我把新出的书带到澳洲给陈兆华，带到社科院外文所给他的得意门生朱虹。他的学生们也都对他怀着深厚的感情。朱虹现在还怪我得知朱先生病危竟不给她打电话。

然而生活的重心、兴趣的焦点都集中在工作，时刻想着的都是各自的那点学问，这似乎是老先生们的共性。他们紧紧抓住不多了的时间，拼命吐出自己的丝，而且不断要使这丝更亮更美。有人送来一本澳大利亚人写的美学书，托我请朱先生看看值得译否。我知道老先生们的时间何等宝贵，实不忍打扰，又不好从我这儿驳回，便拿书去试一试。不料他很感兴趣，连声让放下，他愿意看，看看人家有怎样的说法，看看是否对我国美学界有益。据说康有为曾有议论，他的学问在二十九岁时已臻成熟，以后不再求改。有的老先生寿开九秩，学问仍和六十年前一样，不趋时尚固然难得，然而六十年不再吸收新东西，这六十年又有何用？朱先生不是这样。他总在寻求，总在吸收，有执着也有变化。而在执着与变化之间，自有分寸。

老先生们常住医院，我在省视老父时如有哪位在，便去看望。一次朱先生恰住隔壁，推门进去时，见他正拿着稿子卧读。我说："不准看了。拿着也累，看也累！"便取过稿子放在桌上。他笑着接受了管制。若是自己家人，他大概要发脾气的，这是他生命中最重要的事啊。他要用力吐他的丝，用力把他那片霞彩照亮些。

奚先生说，朱先生一年前患脑血栓后脾气很不好。他常以为房间中哪一处放着他的稿子，但实际上没有，便烦恼得不得了。在香港大学授予他荣誉学位那天，他忽然不肯出席，要一个人待着，好容易才劝得去了。一位一生寻求美、研究美、以美为生的学者在老和病的障碍中的痛苦是别人难以想象的——他现在再没有寻求的不安和遗失的烦恼了。

文成待发，又传来王力先生仙逝的消息。我家与王家在昆明龙头村便是邻居，燕南园中对门而居也已三十年了。三十年风风雨雨，也不过一眨眼的工夫。父亲九十大寿时，王先生和王太太夏蔚霞曾来祝贺；朱光潜先生去世时，他们还去向朱先生告别，怎么就忽然一病不起！王先生一生无党无派，遗命夫妇合葬，墓碑上要刻他一九八〇年写的赠内诗。诗中有句云："七省奔波逃狺狴，一灯如豆伴凄凉。""今日桑榆晚景好，共祈百岁老鸳鸯。"
可见其固守纯真之情，不与纷扰。各家老人转往万安公墓相候的
渐多，我简直不敢往下想了，只有祷念龙虫并雕斋主人安息。

十六栋房屋已有十二户主人离开了。这条路上的行人是不会
断的。他们都是一缕光辉的霞彩，又组成了绚烂的大片云锦，照
耀过又消失，像万物消长一样。霞彩天天消去，但是次日还会生
出。在东方，也在西方，还在青年学子的双颊上。

一九八六年五月
原载《中国作家》一九八六年第四期

心的嘱托

冯友兰先生——我的父亲，于一八九五年十二月四日来到人世，又于一九九〇年十二月四日毁去了皮囊，只剩下一抔寒灰。在八天前，十一月二十六日二十时四十五分，他的灵魂已经离去。

近年来，随着父亲身体日渐衰弱，我日益明白永远分离的日子在迫近，也知道必须接受这不可避免的现实。虽然明白，却免不了紧张恐惧。在轮椅旁，在病榻侧，一阵阵呛咳使人恨不能以身代。在清晨，在黄昏，凄厉的电话铃声会使我从头到脚抖个不停。那是人生的必然阶段，但总是希望它不会来，千万不要来。

直到亲眼见着他的呼吸渐渐急促，血压下降，身体逐渐冷了下来，直到亲耳听见医生的宣布，还是觉得这简直不可能，简直不可思议。我用热毛巾拭过他安详的紧闭了双目的脸庞，真的听到了一声叹息，那是多年来回响在我耳边的。我们把他抬上平车。枕头还温热，然而我们已经处于两个世界了，再无须我操心侍候，也再得不到他的关心和荫庇。这几年他坐在轮椅上，不时会提醒我一些极细微的事，总是使我泪下。我的烦恼，他无须耳和目便能了解，现在再也无法交流。天下耳聪目明的人很多，却再也没有人懂得我的有些话。

这些年，住医院是家常便饭，这一年尤其频繁。每次去时，年轻的女医生总是说要有心理准备。每次出院，我都有骄傲之感。这一次，是《中国哲学史新编》完成后的第一次住院，孰料就没有回来。

七月十六日，我到人民出版社交《新编》第七册稿。走上楼梯时，觉得很轻快，真是完成了一件大任务。父亲更是高兴，他终于写完了。直到最后一个字，都是他自己的，无须他人续补。同时他也感到长途跋涉后的疲倦。他的力气已经用尽，再无力抵抗三次肺炎的打击。他太累了，要休息了。

"存，吾顺事；殁，吾宁也。"父亲很赞赏张载《西铭》中的这最后两句，曾不止一次讲解：活着，要在自己恰当的位置上发挥作用；死亡则是彻底的安息。对生和死，他都处之泰然。

父亲在清华任教时的老助手、八十八岁的李澍先生来信说："十一月二十四日夜梦恩师伏案作书，写至最后一页，灯火忽然熄灭，黑暗之中，似闻恩师与师母说话。"正是那天下午，父亲病情恶化。夜晚我在病榻边侍候，父亲还能断续说几个字："是璞么？是璞么？""我在这儿，是璞在这儿。"我大声叫他，抚摩他，他似乎很安心。我们还以为这一次他又能闯过去。

从二十五日上午，除了断续的呻吟，父亲没有再说话。他无须再说什么，他的嘱托，已浸透在我六十二年的生命里；他的嘱托，已贯穿在众多爱他、敬他的弟子们的事业中；他的嘱托，在他的心血铸成的书页间，使全世界发出回响。

父亲是走了，走向安息，走向永恒。

十二月一日兄长钟辽从美国回来。原是回来祝寿的，现在却变为奔丧。和母亲去世时一样，他又没有赶上，但也和母亲去世时一样，有了他，办事才有主心骨。我们秉承父亲平常流露的意思，原打算只用亲人的热泪和几朵鲜花，送他西往。北大校方对我们是体贴尊重的。后来知道，这根本行不通。

络绎不绝的亲友都想再见上一面，不停地打电话询问告别日期。四川来的老学生自戴黑纱，进门便长跪不起。韩国学人宋兢燮先生数年前便联系来华，目的是拜见老人，现在只能赶上无言的诀别。总不能太不近人情，这毕竟是最后一面。于是我们决定不发讣告，自来告别。

柴可夫斯基哽咽着的音乐伴随告别人的行列回绕在遗体边，真情写在每一个人脸上。最后我们跪在父亲的脚前时，我几乎想就这样跪下去，大声哭出来，让眼泪把自己浸透。从母亲和小弟离去，我就没有痛快地哭一场。但是我不能。我受到许多真诚的心的簇拥和嘱托，还有许多许多事要做，我必须站起来。

载灵的大轿车前有一个大花圈，饰有黑黄两色的绸带。我们随着灵车，驶过天安门。世界依然存在，人们照旧生活，一切都在正常运行。

我们一直把父亲送到炉边。暮色深重，走出来再回头，只看见那黄色的盖单，它将陪同父亲到最后的刹那。

两天后，我们迎回了父亲的骨灰，放在他生前的卧室里。母亲的遗骨已在这里放了十三年。现在二老又并肩而坐，只是在条几上。明春他们将合葬于北京万安公墓。侧面是那张两人同行的照片，母亲撑着伞，父亲一脚举起，尚未落下。那是六十年代初一位不知名的人在香山偷拍的，当时二老并不知道。摄影者拿这张照片在香港出售，父亲的老学生加拿大籍学人余景山先生恰巧看见，遂将它买下，七十年代末方有机会送来。母亲也见到了这帧照片。

亲爱的双亲，你们的生命的辉煌乐章已经终止，但那向前行走的画面是永恒的。

借此小文之末，谨向所有关心三松堂的亲友致谢。关系有千百种不同，真情的分量都不同寻常。踵吊和唁文未能一一答谢，心灵的慰藉和嘱托永远铭记不忘。

一九九〇年十二月十七—十九日，距曲终已三周矣

原载《文汇报》一九九一年一月二日

花朝节的纪念

农历二月十二日，是百花出世的日子，为花朝节。节后十日，即农历二月二十二日，从一八九四年起，是先母任载坤先生的诞辰。迄今已九十九年。

外祖父任芝铭公是光绪年间举人。早年为同盟会员，奔走革命，晚年倾向于马克思主义。他思想开明，主张女子不缠足，要识字。母亲在民国初年进当时的女子最高学府北京女子师范学校读书，一九一八年毕业。同年，和我的父亲冯友兰先生在开封结婚。

家里有一个旧印章，刻着"叔明归于冯氏"几个字，叔明是母亲的字。以前看着不觉得怎样，父母都去世后，深深感到这印章的意义。它标志着一个家族的繁衍，一代又一代来到世上，扮演各种角色，为社会做一点努力，留下了各种不同色彩的记忆。

在我们家里，母亲是至高无上的守护神。日常生活全是母亲料理，三餐茶饭，四季衣裳，孩子的教养，亲友的联系，需要多少精神！我自幼多病，常在和病魔做斗争，能够不断战胜疾病的主要原因是我有母亲。如果没有母亲，很难想象我会活下来。在昆明时我严重贫血，上"纪念周"站着站着就晕倒，后来索性染上肺结核休学在家。当时的治法是一天吃五个鸡蛋，晒太阳半个小时。母亲特地把我的床安排到有阳光的地方，不论多忙，这半小时必在我身边，一分钟不能少。我曾由于各种原因多次发高烧，除延医服药外，母亲费尽精神护理。用小匙喂水，用凉手巾敷在额上。有一次高烧昏迷中，觉得像是在一个狭窄的洞中穿行，挤不过去。我以为自己就要死了，一抓到母亲的手，立刻知道我是在家里，我是平安的。后来我经历名目繁多的手术，人赠雅号"挨千刀的"。在挨千刀的过程中，也是母亲，一次又一次陪我奔走医院。医院的人总以为是我陪母亲，其实是母亲陪我。我过了四十岁，还是觉得睡在母亲身边最心安。

母亲的爱护，许多细微曲折处是说不完，也无法全捕捉到的。也就是因为有这些细微曲折才形成一个家，这个家才处处都是活的，每一寸墙壁、每一寸窗帘都是活的。小学时曾以"我的家庭"为题作文。我写出这样的警句："一个家，没有母亲是不行的。母亲是春天，是太阳。至于有没有父亲，不很重要。"作业在开家长会时展览，父亲去看了，回来向母亲描述，对自己的地位似并不在意，以后也并不努力增加自己的重要性，只顾沉浸在他的哲学世界中。

希腊文明是在奴隶制时兴起的，原因是有了奴隶，可以让自由人充分开展精神活动。我常说，父亲和母亲的分工有点像古希腊。在父母那时代，先生专心做学问，太太操劳家务，使无后顾之忧，是常见的。不过我的父母亲特别典型，他们真像一个人分成两半，一半主做学问，一半主理家事，左右合契，毫发无间。应该说，他们完成了上帝的愿望。

母亲对父亲的关心真是无微不至，父亲对母亲的依赖也是到了极点。我们的堂姑父张岱年先生说："冯先生做学问的条件没有人比得上。冯先生一辈子没有买过菜。"细想起来，在昆明乡下时，有一阵子母亲身体不好，父亲带我们去赶过街子，不过次数有限。他的生活基本上是水来湿手，饭来张口。古人形容夫妇和谐用"举案齐眉"几个字，实际上就是孟光给梁鸿端饭吃；若问"是几时孟光接了梁鸿案"，也应该是做好饭以后。

旧时有一副对联"自古庖厨君子远，从来中馈淑人宜"，放在我家正合适。母亲为一家人真操碎了心，在没有什么东西的情况下，变着法子让大家吃好。她向同院的外国邻居的厨师学烤面包，用土豆做引子，土豆发酵后力量很大，能"嘭"的一声，顶开瓶塞，声震屋瓦。在昆明时一次父亲患斑疹伤寒，这是当时西南联大一位校医郑大夫经常诊断出的病，治法是不吃饭，只喝流质，每小时一次，几天后改食半流质。母亲用里脊肉和猪肝做汤，自己擀面条，擀薄切细，下在汤里。有人见了说，就是只吃冯太太做的饭，病也会好。

一九六四年父亲患静脉血栓，在北京医院卧床两个月。母亲每天去送饭，有时从城里我的住处，有时从北大，都总是第一个到。我想要帮忙，却没有母亲的手艺。父亲暮年，常想吃手擀的面，我学做过几次，总不成功，也就不想努力了。

母亲把一切都给了这个家。其实母亲的才能绝不只限于持家。母亲毕业于当时的女子最高学府，曾任河南女子师范学校预科算术教员。她有一双外科医生的巧手，还有很高的办事能力。外科医生的工作没有实践过，但从日常生活中，从母亲缝补、修理的功夫可以想见；办事能力倒是有一些发挥。

五十年代初至一九六六年，母亲在居民委员会工作，任北大燕南、燕东、燕农、镜春、朗润、蔚秀、承泽、中关八大园的主任，曾为家庭妇女们办起装订社、缝纫社等。母亲不畏辛劳，经常坐着三轮车来往于八大园间。这是在家庭以外为社会服务，她觉得很神圣，总是全心全意去做。居委会成员常在我家学习。最初贺麟夫人刘自芳、何其芳夫人牟决鸣等都是成员，后来她们迁往城内，又有吴组缃夫人沈淑园等参加。五十年代有一次选举区人民代表，不记得是哪一位曾对我说，"任大姐呼声最高"。这是真正来自居民的声音。

我心中有几幅图像，愈久愈清晰。

一幅在清华园乙所，有一间平台加出的房间，三面皆窗，称为玻璃房。母亲常在其中办事或休息。一个夏日，三面窗台上摆着好几个宽口瓶和小水盆，记得种的是慈姑。母亲那时大概不到四十岁，身着银灰色起蓝花的纱衫，坐在房中，鬓发漆黑，肌肤雪白。常见外国油画有什么什么夫人肖像，总想怎么没有人给母亲画一幅。

另一幅在昆明乡下龙头村。静静的下午，泥屋、白木桌，母亲携我坐在桌前，为我讲解鸡兔同笼四则题。父亲从城里回来，点评说这是一幅乡居课女图。

龙头村旁小河弯处有一个小落差，水的冲力很大。每星期总有一两次，母亲把一家人的衣服装在箩筐里，带着我和小弟到河边去。还有一幅图像便是母亲弯腰站在欢快的流水中，费力地洗衣服，还要看着我们不要跑远，不要跌进河里。近来和人说到洗衣的事，一个年轻人问："是给别人洗吗？""还没到那一步。"我答。后来想，如果真的需要，母亲也不怕。在中国妇女贤淑的性格中，往往有极刚强的一面，能使丈夫不气馁，能使儿女肯学好，能支撑一个家庭度过最艰难的岁月。孔夫子以为女人难缠，其实儒家人格的最高标准"富贵不能淫，贫贱不能移，威武不能屈"，用来形容中国妇女的优秀品质倒很恰当，不过她们是以家庭为中心罢了。

母亲六十二岁时患甲状腺癌，手术后一直很好。六十年代末又患胆结石，经常大发作，疼痛，发烧，最后不得不手术。那一年母亲七十五岁。夜里推进手术室，父亲和我在过厅里等，很久很久，看见手术室甬道那边推出一辆平车，一个护士举着输液瓶，就像一盏灯。我们知道母亲平安，仍能像灯一样给我们全家以光明、以温暖。这便是那第四幅图像了。握住母亲的手时，我的一颗心落在腔子里，觉得自己很有福气。

母亲虽然身体不好，仍是操劳家务，真没有过一天清闲的日子。她总是说："你们专心做你们的事。"我们能专心做事，都因为有母亲，操劳一生的母亲！

记得是一九七七年九月十日，母亲忽然吐血，拍片后确诊为肺门静脉瘤。当时小弟在家，我们商量，母亲虽然年迈，病还是该怎么治就怎么治，不可延误。在奔走医院的过程中，受到许多白眼。一家医院住院部一位女士说："都八十三岁了，还治什么！

我还活不到这岁数呢。"可以说，母亲的病没有得到治疗，发展很快。最后在校医院用杜冷丁控制疼痛，人常在昏迷状态。一次忽然说："要挤水！要挤水！"我俯身问什么要挤水，母亲睁眼看我，费力地说："白菜做馅要挤水。"我的眼泪一下涌了出来，滴在母亲脸上。

母亲没有让人多侍候，不过三周便抛弃了我们。当时父亲还在受审查，她走时很不放心，非常想看个究竟，但她拗不过生死大限。她曾自我排解说，知道儿女是好的，还有什么可求呢。十月三日上午六时三刻，我们围在母亲床前，眼见她永远阖上了眼睛。我知道，我再不能睡在母亲身边讨得那样深的平安感了；我们的家从此再没有春天和太阳了。我们的家像一叶孤舟忽然失了掌舵的人，在茫茫大海中任意漂流。我和小弟连同父亲，都像孤儿一样不知漂向何方。

因为政治形势，亲友都很少来往。没有足够的人抬母亲下楼，幸亏那天来了一位年轻的朋友，才把母亲抬到太平间。当晚哥哥自美国飞回来，到家后没有坐下，立刻要"看娘去"，我不得不告诉他母亲已去。他跌坐在椅上，停了半晌，站起来还是说"看娘去"。

父亲为母亲撰写了一副挽联："忆昔相追随，同荣辱，共安危，期颐望齐眉，黄泉碧落君先去；从今无牵挂，斩名缰，破利锁，俯仰无愧怍，海阔天空我自飞。"自己一半的消失使父亲把一切都看透了。以后，母亲的骨灰盒一直放在父亲卧室里。每年春节，父亲必率领我们上香，如此凡十三年。直到一九九〇年初冬那凄惨的日子，父母相聚于地下。又过了一年，一九九一年冬，我奉双亲归窆于北京万安公墓。一块大石头作为石碑，隔开了阴阳两界。

　　我曾想为母亲百岁冥寿开一个小小的纪念会，又想到老太太们行动不便，最好少打扰，便只就平常的了解或电话上的交谈，记下几句话。

　　姨母任均是母亲最小的妹妹。姨父母在驻外使馆工作时，表弟妹们读住宿小学，周末假日接回我家，由母亲照管。姨母说："三姐不只是你们一家的守护神，也是大家的贴心人。若没三姐，那几年我真不知怎么过。亲戚们谁没有得到过她关心照料？人人都让她费过心血，我们心里是明白的。"

　　牟决鸣先生已是很久不见了。前些时打电话来，说："回想起在北大居住的那段日子，觉得很有意思。任大姐那时是活跃人物，她做事非常认真，总是全力以赴。而且头脑总是很清楚。"

　　在昆明时，赵萝蕤先生和我家几次为邻居，那时她还很年轻。她不止一次对我说很想念冯太太。她说在人际关系的战场上，她总是一败涂地当俘虏。可是和冯太太相处，从未感到战场问题。是母亲教她做面食，是母亲教她用布条打纽扣结，她有什么事都可以向母亲倾诉。记得在昆明乡下龙头村时，有一次赵先生来我家，情绪不大好，对母亲说，一位军官太太要学英语，又笨又俗又无礼，总问金刚钻几克拉怎么说。她不想教，来躲一躲。母亲安慰她，让她一起做家务事。赵先生走时，已很愉快。

　　另一位几十年的邻居是王力夫人夏蔚霞。现在我们仍然对门而居。夏先生说："你千万别忘记写上我的话。我的头生儿子缉志是你母亲接生的。当时昆明乡下缺医少药，那天王先生进城上课去了，半夜时分我遣人去请你母亲。冯先生一起来的，然后先回去了。你母亲留下照顾我，抱着我坐了一夜，次日缉志才出世。若没有你母亲，我和孩子会吃许多苦！"

像春天给予百花诞辰一样，母亲用心血哺育着，接引着——亲爱的母亲的诞辰，是花朝节后十日。

一九九三年五月

原载《中华散文》创刊号，一九九三年九月

悼念陈岱孙先生

陈岱孙先生是大学者，是我的父执，是长辈。但在我心中，总觉得他是一位朋友，一位"老友"。

不知道这是不是高攀，也不知道他是不是把我当作小友。我们的来往并不很多，而他待人的平等亲切，让人免去俗套，感到友情的萦绕。

约在八十年代中期，顾毓琇先生到京，来访先君冯友兰先生，让我邀请陈先生也到三松堂。那是一个下午，阳光从西窗射进来，照亮了三位老人的白发。不知是谁说了句"这是三位老院长的相聚"，我猛然一惊。三人中，冯是文学院院长，年最长；陈是法学院院长，年居次；顾是工学院院长，最年轻。回想当时在清华，年最长的不过三十出头，各领一方，和同人们一起，建立了清华的学术地位。那时是何等的意气风发！而转眼间都是老人了。座谈间，顾先生话语最多，他将中国喻为初醒的巨龙，正待腾飞，言下十分振奋。

一九八九年，陈先生迁至燕南园，与我们成为斜对门的邻居。一天，他和他的堂妹陈荷一起来探访。当时父亲已经坐在轮椅上，乃由我陪两位陈先生在院中看看。看看乱草中新长出的铃兰，枯叶中新长出的玉簪，还有那一小片属于香椿树的土地，树旁钻出的许多枝条也已有了嫩叶。因说起陈家院子里该种些什么，我说，种一棵香椿吧，可以吃到最新鲜的香椿芽，随即让人挖出两根枝条。陈先生接过，把它们举了一举，说："给了我两根木棒。"他的笑容是那样年轻。

父亲去世的次日，陈先生由厉以宁先生陪同来吊唁。当时家里人很多很乱，看到陈先生高大的身影，我沉重的心感到一丝宁静，好像有一只无形的手帮我移去了什么。数日后，在冯友兰哲学思想国际研讨会上，陈先生讲了话，谈到他在南岳与父亲相处的日子，说到"贞元六书"和爱国主义。这篇讲话后来整理为《冯友兰纪念文集》的序言。一九九四年清华以三松堂捐书建立"冯友兰文库"，开幕那天，陈先生和大家一同乘面包车前往参加。举行仪式后，大家去参观文库，因文库在五楼，陈先生对我说："我不上去了，我在车里等。"幸亏有车先送他回去。那年陈先生是九十四岁，现在我进入老年还不太久，已经步履维艰，才体会到那里有多么重的情谊。

陈先生还帮助我了解历史，在我的记忆之井里添贮活水。家中有一张一九四八年中央研究院第一届院士会议的照片，其中许多人我们都认不出，都说去问陈先生。陈先生总是不嫌麻烦，耐心解答问题。我去看望他时，谈话的很大一部分内容是昆明的生活。有一次陈先生对我说，三十年代末，他曾随马帮到丽江去旅行，晚上披着麻袋坐在房檐底下，算是住宿。自己煮饭，煮牛干巴，肉汤很好喝。一天来到一片黑压压的树林，据说是强人出没的地方，大家都很紧张。马帮头一声令下，大家逃命似的冲过树林，总算没有遇险。

又一次，谈到一份杂志发表的陈先生的经济学文章。我不懂经济学，记得陈先生说，凡事都有来龙去脉，不连贯起来看，就看不懂问题，也许会得出相反的印象。

他看见《中华读书报》上有关于我的简讯，画了圈，让人送来给我。家人说："连陈先生都帮你搜集资料。"

一九九五年我偕外子去美国，到费城，得见顾毓琇先生。顾先生应我之请题词。他写的是"学究天人，道贯古今；哲理泰斗，典范永存"十六个字，笔力遒劲，后放在《冯友兰研究》第一辑中。顾先生还要我们代为问候陈先生。我们回京后，到陈宅讲起顾先生的情况，陈先生极言顾先生多才多艺。顾先生为科学博士，却又能写诗词、剧本，其英诗译作很有味道。

老人渐老和小孩渐长，都是可以看得见的。所以，说人"见老了""见长了"很传神。不记得什么时候，听说陈先生在会上晕倒了，便去看望。陈先生说："是在会后饭桌上，没有任何先兆，忽然失去了知觉，现在已经好了。"自那以后，他似乎出门少得多了。过些时又去看他，他说："我现在是大门不出，二门不迈。"客厅里靠窗摆着两张沙发，他总是坐那靠门的一张，让客人坐靠内室的一张，因为门边有风。而我一直不解为什么这样坐，想问，踌躇了一下，以后也就忘了。再过些时，陈先生说："我老是觉得很累，早上一起来就累。"说了这些话以后，我怕他累，起身要走，老人说："不要走，再坐一会儿吧。"于是我就再坐一会儿。这一会儿很重要，从此再没有见到陈先生。

我家的后院离商店、邮局比较近，陈先生有时从这里穿过，一直是腰身挺直，稳步而行。后院的石子小路坑洼不平，曾想让人修整，像我对一切事一样，总是一再蹉跎。等到把那些坑洼填平，老人已经太累了，已是"大门不出，二门不迈"。也曾想到做点什么好吃的送过去，但不是有事就是有病，这想法终于成了完成不了的心愿。

一九九七年我索性一病经年，住了三回医院。待回到家来，发现燕南园墙外正在大兴土木，日夜施工，令人不能安枕。"陈先生怎么受得了！"我想，"可能学校会安排老人暂避一时。"过几天，知道陈先生住医院了。住几天也好，我们议论。没有想到，陈先生一去不回，永远地离开了。

我们去陈宅吊唁，灵堂里有鲜花有遗像，十分肃穆。这又是贤孝外甥女儿们的劳绩。还有那两张沙发，依然留在窗下，我见了不禁悲从中来。

我很伤心，世上又少了一位宽厚仁让、能主持公道的长者。人常用学贯中西、中西合璧等形容人的学问，我想，陈先生身上体现了人格的中西合璧，既有中国的发自内心的"礼"，又有西方的平等精神，这样的人愈来愈少了。我难过，倒也不全是为陈先生，敬他爱他的人很多，无须我这一掬泪。我是被两句诗击倒："侬今葬花人笑痴，他年葬侬知是谁。"它们不知怎么忽然跳到我心中。那是曹雪芹假托十余岁少女林黛玉的锦心绣口说出的，我到七十岁才有些懂得。这是一个可以抽象出来的道理。父亲曾为许多朋友写过悼念的文字，陈先生为父亲写了悼念文字，我现在又在悼念陈先生。再往下呢？后人而复吊后人，代代无已。在这条来去匆匆的路上，人们"见长""见老"，要停也停不住。

一九九八年四月下旬

原载《陈岱孙纪念文集》，福建人民出版社一九九八年十二月

烟斗上小人儿的话

一九九九年是闻一多先生百年冥寿。他离开我们已经五十余年了，人们只能从照片里瞻仰他的风采。有一张照片传布最广，也是最能显出闻先生诗人气质、学者风度的照片。他侧着头，口含烟斗。在画面的烟斗上有一个小人儿，那就是我。

我在照片里坐了四十多年，一九九一年在医院中才发现那是我。我真是高兴。这张照片成为我的护身符，当我和各种魔怪（包括病魔）战斗时，每想到这照片，想到闻先生，就觉得增添了力量。

许多人在语文课本里读过闻先生的《最后一次讲演》，那跨出门就不准备再回来的精神感染了多少人，教育了多少人。有时私下议论，鲁迅、闻一多活到"文革"时代会是怎样情况。估计他们也活不到"文革"，在前面的运动中，就会活不下去；或能顽强地用另一种方式活下来，但肯定是过不了"文革"这一关的。

闻先生倡导说真话，他要做到怎么想就怎么说。抗战后期，他发表许多言论，尖锐批评最高统治者，丝毫不顾及自身安危。

他这种大无畏精神，上薄云天。他无所畏惧，但他对同事、朋友是宽厚的，常替别人着想，从未闻有刻薄伤人之言。我想，他对统治者的愤怒是站在人民的利益上，而不是站在一己的利益上，而对于个人之间的摩擦（总会有的）是不放在心上的，可以说是"横眉冷对千夫指，俯首甘为孺子牛"的表率。

闻先生的革命精神包含了诗人气质，"这是一沟绝望的死水，清风吹不起半点漪沦。"（《死水》）"春光从一张张的绿叶上爬过……仿佛有一群天使在空中逻巡……忽地深巷里迸出一声清籁：'可怜可怜我这瞎子，老爷太太！'"（《春光》）他以无比的深情关怀着整个社会。我喜欢《也许》这首葬歌："我把黄土轻轻盖着你，我叫纸钱儿缓缓地飞。"这又是另一种深情，看透了生死，似浅淡，却长远的深情。闻先生著有《九歌古歌舞剧悬解》，这是他根据屈原《九歌》写的歌舞剧本，想象力真丰富。我非常想看它的演出。另一个愿望是看爱罗先珂《桃色的云》上演。我想今生是看不到了。

最近，闻惠羽小妹送我一本闻先生的《诗经通义》。这是一部草稿，经闻惠羽校补成书。我翻阅后，见一字一词注释得详尽，更体会到"何妨一下楼主人"的精神。古人说，"三年不窥园，绝庆吊之礼"，才能做一点学问。做学问需要这种不窥园、不下楼的精神。一九四七年，我在南开大学上学。五六月间，举行了一次诗歌晚会，纪念闻一多。冯至从北京来参加，做了讲演。会后，我写了一首诗，那是我第一首发表的新诗。现摘一段在这里，诗的题目是《我从没有这样接近过你》。

　　我从没有这样接近过你。

　　真的，我从没有这样接近过你。

在大家沉重的脸中我看见了

你的脸。

在大家呜咽的声音里我听到了

你的声音。

我今天才找到了你，找到了你。

找到你

在我们中间。

闻一多是永远在青年中间的，他的精神永远年轻。这些年，我们不大想起闻一多了，远离了他的精神，而我们是多么需要他的精神！对强暴大无畏，对普通人深具同情，富有想象力的审美眼光，还有踏实认真甘坐冷板凳的治学态度——我知道"何妨一下楼"中只有冷板凳。

再来看一看那张照片。一九四五年初，西南联大悠悠体育会组织去石林，邀请闻先生参加。闻先生带了立雕（韦英）兄弟和我及钟越同往。那时去石林要乘火车，骑小马，到尾泽小学打地铺。到几个地方看景致都是步行，大家都是很能走路的。记得有一天中午，在一个小店打尖。闻先生要了米线，每个孩子一碗，招呼我们先吃。后来在长湖畔举行了联欢会，照片便是那时出世的。

我坐在烟斗上，并不感到云雾缭绕的飘飘然，而是感到焦虑沉重——是因为坐在烟斗上么？我感到沉重，因为我们离闻一多远了；感到焦虑，因为我们似乎并不知道究竟已经离闻一多有多远。

一九九八年十二月于风庐

原载《回忆纪念闻一多》，武汉出版社一九九九年九月

仙踪何处

冰心老人离开我们了。

人们常把这种离去称为仙逝。我觉得谢先生确实是成了仙了。她随世纪而来，又随世纪而去，有着完满的一生。她不只是好作家，也是好女儿、好妻子、好母亲，有这样福分的人不多。

中国伦常的一项重要内容是朋友。谢先生有很多朋友，这又是一种难得的福分。她爱朋友们，朋友们也爱她。赵萝蕤先生曾对我说，她结婚前，谢先生专到她家讨论这桩婚事，这关心让人难忘。经过了"十年浩劫"，人们渐渐从麻木中醒来，彼此有了来往。赵先生和我商量去看望老人。我们去了，大家都十分高兴，谈话很随意。当然还有那只猫。在梁启超书的那幅"世事沧桑心事定，胸中海岳梦中飞"字下照相时，我想，这对老人来说，是重复而又重复的节日了。她却不嫌烦，因为她心里装着朋友。赵先生先老人一年而去，如今她们在一起时，不知会讨论哪些话题。

老人世事洞明，晚年更增添了棱角。她的短文《我请求》影响很大。一位自小相识的准兄弟看后责备我："你怎么不写一篇?"我很难回答。以后的文章《等待》，似很平淡，也给人极深的印象。这一篇简单朴素的文字，只写了几个家人，却装着一个大关心，关心着人民的疾苦和祖国的命运。

这个多福的老人留给我们一个谜，这个谜恰在我身边。老人曾居住于燕南园，那是她婚后最初的家。我曾认为她住的是六十六号，有何根据，却记不得、说不出了。近见有文章，说林庚先生也说是六十六号。但吴青说是六十号，当然应以她的话为准。有意思的是，燕南园房屋样式多不相同，恰恰这两幢十分相像，都是带有门廊的二层小楼，里面结构也大致相同。记得谢先生有文《我的家在哪里》，描写梦中回到各个时期的家，似乎没有提到燕南园。现在若回来，会分辨出哪一座是最初的家吗？

谢先生是成了仙了，她从闪烁的星空中俯视我们，从溶溶的春水中映照我们。在一次冰心奖的发奖会上，我曾写过两句话，"繁星爱之光，春水生之意"。那是永远的爱之光，永远的生之意。

一九九九年三月十二日
原载《群言》一九九九年第五期

在曹禺墓前

　　四十年代后期，在清华读书时，有一阵子，每到下午课后，常常骑车出去漫游。圆明园、颐和园以及这一带当时还很荒僻的郊野，都是常到的地方。漫游中有一个"景点"，便是万安公墓。那时的万安真是安静，很少人迹，墓也不多。春来野花烂漫，秋至落叶萧萧，便总想起华兹华斯的那首《我们是七个》，诗中说一个孩子认为死去的姐妹只不过是躺在墓园里，有句云"每当夕阳西下／我来到墓边／拿着我的小碗／坐在他们身旁吃晚饭"，似乎他们仍在世上。那时我在墓间走来走去，觉得彼岸世界浑和静穆，很近又很远。

　　后来自己经历了几次亲人的永别，才知道什么是死亡。万安公墓不再是我欣赏的对象，而是牵连到我的心魂。我几乎是怕去，但又想去，抚一抚父母的墓碑，也是定省。今年清明前我们照例去扫墓，擦拭了作为墓碑的大石头，摆好了花束，又照例默然站了一会儿，各人想自己的心事。然后为一点小问题，我们到管理处去。走过另一个区时，家人忽说："曹禺在这里。"

　　我们快步向前，见一个矮碑，写着"曹禺"两个大字，为巴金老人所题。墓面是隆起的黑色大理石，没有任何别的字迹。本来"曹禺"两个字就足以说明一切了。我们不约而同肃然而立，深深三鞠躬。

五十年代中，我在文艺界打杂，曹禺同志（这是习惯的称呼）为写《明朗的天》，曾约我谈话，要我讲讲新中国成立前后教授的生活、学生的心情等。我讲话的能力很差，大概没有帮助。讲到刚解放时，和几个同学在寒风中，走到海淀去看解放军。解放军一个个都很年轻，戴着大皮帽子。他很注意这一细节。《文艺报》一个同事的妹妹是医生，他也曾去拜访。听说他写《日出》时，对不了解的生活特去做实地考察。这样补充生活，有时能酿出蜜来，有时却不一定，而这种认真的精神很值得我学习。以后，每在一些场合遇到时，他总要关心地问起冯老师近况。印象最深的是在阳翰老八十五华诞的庆祝会上，曹禺同志特地走到我面前说："问冯老师好。我是万家宝，告诉他，万家宝问好。"

一九九三年，我在深圳小住。住处有一个女服务员，学写小说，笔名梅子，拿了几篇作品来征求意见，乃和她谈起要多读书。她说最想读曹禺的剧本，许多人想读，但是买不到。回京后，我立即到处搜寻《曹禺选集》，遍寻无着。我们又失望又气闷，为什么想看的书总是买不到呢？这个奥秘我到现在也不明白。当时有一家小出版社负责人听说，觉得偌大北京城买不到曹禺剧本实在不可思议，便想由他填补空白。我们都很兴奋，特地到北京医院看望曹禺同志，说了这一愿望。他说已和人民文学出版社签有合同，可是不知是没有书了，还是有书渠道不通。那家小出版社只好作罢。他还坚持依照习惯，坐在轮椅上送我们到电梯口。其实我们也知道，这样的张罗只是尽心而已。我只好写信给梅子，告诉买不到书，也不知道她收到这信没有。后来《曹禺全集》是由花山出版社出版的，不知是什么原因。

一九九六年底，曹禺同志逝世，我觉得历史好像翻过了一页，再也回不去了。

曹禺同志是话剧史上的里程碑，我没有专门研究，这只是一个读者的看法。记得在昆明，上中学时，曾看过《家》《北京人》等演出，每次都受到很大的震撼。它们都有一种诗意，就好像《红楼梦》和别的小说的区别，就是有一种诗意。这使得作品超凡脱俗，直叩人们心底。从来改编自小说的剧本都不及小说，只有《家》的改编是个例外。它本身就是创作，很有灵气，很美。我很喜欢曹禺的对话。只凭对话不用描写，就能塑造出活生生的人物，真是了不起！而且那语言是多么铿锵有力。那时我们几个少年人在一起，有人随便说一句："太阳出来了！"别的人就会自然地接上去："黑暗留在后头，但是太阳不是我们的，我们要睡了。"还有《北京人》中的台词，"这是人类的祖先，这也是人类的希望，那时候的人要爱就爱，要恨就恨"，也是我们常背诵的。《原野》中仇虎和金子的对话，一个说："给你钱。"一个答："钱我有。"一个说："给你车。"一个答："车不用。"过了几十年，我还记得。我觉得他的剧本不只是为上演，也是为了阅读，可以大声朗诵，也可以默默阅读，那语言在你心里回荡时，真是无声胜有声了。

若要攀点关系，可以说曹禺同志和我是清华先后同学。我一直认为，自一九二八年清华学校改为清华大学以降，在文科领域里，曹禺是清华学长第一人。

　　还有一位我敬佩的清华学长是作曲家黄自。老实说，当我知道黄自也是清华毕业（一九二四年）时，很觉奇怪。我喜欢他的音乐。在我国现代音乐史上，第一部交响音乐是他创作的。一九九五年，我在美国参加一个会，一个台湾旅美作家说，他很关心对黄自的评价。其实我们的中央音乐学院已经在校园里竖起了黄自的铜像，我每次去都要行注目礼。我永远记得他的《抗敌歌》中那雄壮的合唱："锦绣江山谁是主人翁？我们四万万同胞！"前几天，中央电视台还演播了他的《春思曲》。可惜黄自在抗战后一年，在三十四岁的锦绣年华去世了，不然我们还会听到他的更好的、真正伟大的音乐。

　　曹禺和黄自对中华民族的文化倾注了自己生命的甘泉。他们的作品都是原创性的，不可替代的。他们是清华的骄傲。我们仍在读他的书，唱他的歌，而且会一直继续下去。

　　我不知道想读曹禺的读者们是否已经有书。希望他们不会等得太久。

　　明年清明，我当另带一束鲜花，放在曹禺墓前。

　　　　　　一九九九年清明前后，搁至端阳始又检出
　　　　原载《中华读书报》一九九九年六月二十三日

蜡炬成灰泪始干

二○○○年春，我患目疾，好几个月都在奔走医院。住医院，上手术台，对我都不是新鲜事，这一次却怀着极大的恐怖。我怕变为盲人，我怎能忍受那黑洞里的生活，怎能忍受那黑暗，那茫然，那隔绝。

我在等待第三次手术，日子一天天过，还在等待。一个夜晚，我披衣坐在床上，觉得自己是这样不幸，我不会死，可是以后再无法写作。模糊中似乎有一个人影飘过来，他坐在轮椅上，一手抚须，面带微笑。那是父亲。

"不要怕，我做完了我要做的事，你也会的。"我的心听见他在说。此后，我几次感觉到父亲。他有时坐在轮椅上，有时坐在书房里，有时在过道里走路，手杖敲击地板，发出有节奏的声音。他不再说话，可是每次我想到他，都能得到指点和开导。

老实说，父亲已去世十年。时间移去了悲痛，减少了思念。以前在生活安排上，总是首先考虑老人，现在则完全改变了，甚至淡忘了。而在失明的威胁下，父亲并没有忘记我，或者说我又想起了他。因为我需要他。

"不要怕，我做完了我要做的事，你也会的。"

我会吗？我需要他的榜样，我向记忆深处寻找……

父亲最后的日子，是艰辛的，也是辉煌的。他逃脱了政治旋涡的泥沼，虽然被折磨得体无完肤，却幸而头在颈上，他可以相当自由地思想了。一九八〇年，他开始从头撰写《中国哲学史新编》这部大书。当时他已是八十五岁高龄。除短暂的社会活动，他每天上午都在书房度过。他的头脑便是一个图书馆，他的视力很可怜，眼前的人也看不清，可是中国几千年来的哲学思想的发展在他头脑里十分清楚，那是他一辈子思索的结果。哲学是他一生的依据。自一九一五年，他进入北京大学哲学门，他从没有离开过哲学。

父亲考入北大时，报的是文科。当时有人劝他读法科容易找工作，而且法科可以转文科，可是文科不可以转法科。父亲依言报了法科，考取了，但他还是转入文科。如果他要进仕途，可以从入法科开始，但那不是他的理想。他选择了哲学作为他的终身事业。

父亲那样出生在十九世纪末的一代人，分布在各个学科，创造了中国社会转型时期的新文化。不管在哪一学科，他们有一个共同点，那就是热爱祖国，要使自己的国家扬眉吐气地屹立在世界民族之林。我相信，我的了解没有错。父亲的哲学也不是空谈哲理，也不是书斋里的机锋，他要"阐旧邦以辅新命"，就是要汲取中国文化的精华，作为建设新国家的营养。永远关心着国家、民族的命运，这就是他的"所以迹"。经过多少折腾、磨难，初衷不改，他的最后巨著《中国哲学史新编》的最后一页，仍写着张载的那几句话："为天地立心，为生民立命，为往圣继绝学，为万世开太平。"他仍然是"虽不能至，心向往之"。

他在一九四二年写的《新原人》中提出了他的境界说——他的哲学的灵泉。此书自序一开始就写了张载四句，接下去便说："此哲学家所应自期许者也。况我国家民族，值贞元之会、当绝续之交、通天人之际、达古今之变、明内圣外王之道者，岂可不尽所欲言，以为我国家致太平，我亿兆安身立命之用乎？虽不能至，心向往之。非曰能之，愿学焉。"我一直认为，"贞元六书"的几篇短序都是绝妙文章，表现父亲的心胸气魄。听人说有哲学教师讲张载四句竟至泪下，可知怀有为国家致太平，为亿兆安身立命这种深情的人并非少数。

父亲最后十年的生命，化成了《中国哲学史新编》这部书。学者们渐渐有了共识，认为这部书对论点、材料的融会贯通超过了三十年代的两卷本，又对玄学、佛学、道学，对曾国藩和太平天国的看法提出了独到的见解，还认为人类的将来必定会"仇必和而解"，都说出了他自己要说的话。一点一滴，一字一句，用口授方式写成了这部一百五十万字的大书，可谓学术史上的奇迹。蝇营狗苟、利欲熏心的人能写出这样的书么？我看是抄也抄不下来！有的朋友来看望，感到老人很累，好意地对我说："能不能不要写了。"我转达这好意，父亲微叹道："我确实很累，可是我并不以为苦，我是欲罢不能。这就是'春蚕到死丝方尽，蜡炬成灰泪始干'吧！"

是的，他并不以写这部书为苦，他形容自己像老牛反刍一样，细细咀嚼储存的草料。他也在细细咀嚼原有的知识储备，用来创造。这里面自有一种乐趣。父亲著述还有一个特点，就是不做卡片，曾有外国朋友问："在昆明时，各种设备差，图书难得，

你在哪里找资料?"父亲回答:"我写书,不需要很多资料,一切
都在我的头脑中。"这是他成为准盲人后,能完成大书的一个重
要条件。

更重要的是他的专注,他的执着,他的不可更改的深情。他在
生命的最后两年中不能行走,不能站立,起居需人帮助,甚至咀嚼
困难,进餐需人喂,有时要用一两个小时。不能行走也罢,不能进
食也罢,都阻挡不了他的哲学思考。一次,因心脏病发作,我们用
急救车送他去医院,他躺在床上,断断续续地说:"现在有病要治,
是因为书没有写完,等书写完了,有病就不必治了。"

当时,我为这句话大恸不已。现在想来,如丝已尽,泪已
干,即使勉强治疗也是支撑不下去的;而丝未尽,泪未干,最后
的著作没有完成,那生命的灵气绝不肯离去。他最后的遗言"中
国哲学将来一定会大放光彩",就是用他整个生命说出来的。

父亲久病后,偶然颤巍巍地站立,总让人想到风烛残年这几
个字。烛火在风中摇曳,可以随时熄灭,但父亲的精神之火却是
不会熄灭的。他是那样顽强、坚韧,那样丰富,他不烧干自己决
不甘心。

一九八二年,父亲到哥伦比亚大学接受名誉博士学位,他写了
一首诗:"一别贞江六十春,问江可认再来人?智山慧海传真火,
愿随前薪做后薪。""薪火相传"的意思出自《庄子·养生主》:
"指穷于为薪,火传也,不知其尽也。"他要像浇了油的木柴一样,
前面的木柴烧完了,后面的木柴便接上去,薪火相传代代不息。

父亲那一代人责任感太强了,他们无暇逍遥。其实父亲心底
是赞成孔子"吾与点也"那一句话的。曾点说,他的愿望是"浴

乎沂，风乎舞雩，咏而归"，父亲是欣赏这种境界的。

四十年代，常有人请父亲写字，父亲最喜写唐李翱的两首诗——"练得身形似鹤形，千株松下两函经。我来问道无余说，云在青天水在瓶"。还有一首是"选得幽居惬野情，终年无送亦无迎。有时直上孤峰顶，月下披云啸一声"。

这两首诗，父亲写过几十幅，现在家中只有"月下披云啸一声"那一幅，没有了"云在青天水在瓶"的那一幅。父亲的执着顽强，那春蚕到死、蜡炬成灰、薪尽火传的精神，后面有着极飘逸、极空明的另一方面。一方面是儒家"知其不可而为之"的担得起，一方面是佛、道、禅的"云在青天水在瓶"的看得破。有这样的互补，中国知识分子才能在极严酷的环境中活下去。

很多年以前，父亲为我写了一幅字，写的是龚定庵诗："虽然大器晚年成，卓荦全凭弱冠争。多识前言蓄其德，莫抛心力贸才名。"后来父亲又为我和外子作过一首诗："七字堪为座右铭，莫抛心力贸才名。乐章奏到休止符，此时无声胜有声。"父亲深知任何事都要用心血做成，谆谆教诲不要为一点轻易取得的浮名得意，在寂静中也许会有更好的音乐。想到这些，常觉得父亲坐在那里，以手向上一指向下一指，在沉默中，让人想到"云在青天水在瓶"的诗句；可是那含义，那境界，有谁领会。

我做了手术，出院回家，在屋中走来走去，想倾听父亲卧房里发出的咳声，但是只有寂静。我坐在父亲的书房里，看着窗外高高的树。在这里，准盲人冯友兰曾坐了三十三年；无论是否成为盲人，我都会这样坐下去。

原载《人民日报》（海外版）二〇〇〇年八月二十九日

大哉韦君宜

　　二〇〇二年一月二十六日黄昏，邵燕祥来电话告诉我，君宜同志已于当日中午辞世。我立即给杨团打电话，杨团说君宜同志是在歌声中离去的。那是抗日战争时代留下的歌，万众一心用血肉铸成长城的歌。她是唱着这些歌走上革命道路的，用这样的歌为她送行再恰当不过。

　　君宜同志是个敢说真话的人。我们经历过的那个古怪时代，要把所有的人的头脑都变成复印机，传达什么就照着讲照着说，够不上传达的也要人云亦云，以免出"错"。君宜同志不是这样，她要把她看到的真实情况说出来。小至对一个人的看法，大至对国家局势的看法。我常说，历史是一个哑巴，人们知道的只是写出的字。要更多的人说出真话，我们才可以接近真的历史。

　　君宜同志是一个能够反思的人。痛定思痛，只有人才能够做到这一点。可是人常常放弃这一特性。有多少人于痛定时就失去了记忆；有多少人于痛定时还要涂抹油彩，说本来就没有什么痛。《思痛录》中有这样一段话："我就是这样一步一步思索我这十来年的痛苦，直到思索痛苦的根源：我的信仰。直到我们这一整代人所做出的一切，所牺牲和所得失的一切。思索本身是一步一步的，写下来又非一日，其中深浅自知，自亦不同。现在仍归其旧。这个根源，我留给后来者去思索。"她的反思不是偶然的、片段的，而是有目的、有系统的，有这样的反思才能进步。

然而这需要多么大的勇气。也许她根本没有想到勇气，她只是要把她看到和认真思索过的说出来，为了后人。

君宜同志是个永不消沉的人，缠绵病榻十余年，写下了近三十万字的文稿，为历史做证。我是一个老病号，在和病魔周旋时，有时会万念俱灰，满脑子萦绕着那两句"纵有千年铁槛寺，终需一个土馒头"。我深知病中写作的艰难，我不知道君宜同志有没有灰心的时刻，但她是胜利者。

她终于明白地说出了要说出的话，可以安心地沉默，这让人减少些悲痛。

二○○二年清明前夕

怎得长相依聚

——蔡仲德三周年祭

蔡仲德（1937—2004），人本主义者。

这是我为仲德设计的墓碑刻字，我想这是他要的。他在病榻上的最后几个月，想得最多的就是关于人本主义问题。如果他能多有些时日，会有正式的文章表达他的信念。但是天不佑人，他来不及了。只在为我写的一篇短文里提出市场经济、民主政治、人权观念等几个概念。虽然简单，却也清楚地表明了他的理想。现在又想，理想只能说明他追求的高，不能说明他生活的广和深。因为他的一生虽然不够长，却足够丰富。他是一个好教师，也是一个好学者。生活最丰满处是因为他有了我，我有了他。世上有这样的拥有，永远不能成为过去。

人人都以为，我最后的岁月必定有仲德陪伴，他会为我安排一切。谁也没有料到，竟是他先走了，飘然飞向遥远的火星。我们原说过，在那里有一个家。有时我觉得，他正在院中的小路上走过来，穿着那件很旧的夹大衣；有时在这边说话，总觉得他的书房里有回应，细听时，却又没有。他已经消失了，消失在蓝天白云，青山绿水，树木花草之间。也许真的能在火星上找到他，因为我们这里的事情，要经过漫长的光阴和遥远的距离，才能到达那里，他是一个怎样的人，在那里可以重现。

首先，他是一个教师。他在入大学前曾教过两年小学，又任中学教员二十余年，以后调入中央音乐学院音乐学系。他四十六年的教学生涯里，在中央音乐学院任教四十四年。他教中学时，课本比较简单，他自己添加教材，开了很长的古典诗词目录，要求学生背诵。有的学生当时很烦，说蔡老师的课难上。许多年后却对他说，现在才知道老师教课的苦心，我们总算有了一点文学知识，比别人丰富多了。确实，这不仅是知识，更是对性情的陶冶，影响着一个人的生活。

七十年代初，在军营中经过政治磨难的音院师生回到北京，附中在京郊苏家坨上课，虽然上课很不正常，仲德却没有缺过一次课。一次刮大风，我劝他不要去，他硬是骑自行车顶着西北风赶二十几里路去上课，回来成了一个土人。上课对于一个教师是神圣的。他在音乐学系开设两门课：中国音乐美学史和士人格研究。人说他的课讲得漂亮。我听过几次，一次在河南大学讲授中国古代音乐美学，一次在香港浸会大学讲"说郑声"。一节课的时间被他安排得十分恰当，有头有尾，宛如一篇结构严密的文章。更让人称道的是下课铃响，他恰好讲出最后一个字，而且是节节课都如此，就连他出的考题也如一篇小文章。他在每次上课前都认真准备，做了严谨的教案。他说要在四十五分钟以内给学生最多的东西，小学、中学、大学都是如此。一次我们在外边用餐，不知为什么，一个陌生的年轻人拿了一本唐诗，指出一首要我讲，我不记得是哪一首了，只记得其中有两个典故。我素来喜读书不求甚解，讲不出，仲德当时做了详细的讲解。他说做教师就要甚解，要经得起学生问。学生问了，对教师会有启发。

他淹缠病榻两年有半，一直惦记着他的课和他指导的学生。就在他生病的这一个秋天，录取了一名硕士生。他在化疗期间仍要这个学生来上课，在北京肿瘤医院室内花园，在北大医院的病室，甚至是一面打着吊针，一面在进行授课。他对学生非常严格，改文章一个标点都不放过，学生怕来回课，说若是回答草率，蔡老师有时激动起来，简直是怒发冲冠，头发胡子都根根竖起。不是他指导的学生也请他看文章，他一视同仁，十分认真地提意见挑毛病改文字。同学们敬他爱他又怕他。

他做手术的那一天，走廊里站了许多我不认识的音院师生，许多人要求值班。那天清晨，有位老学生从很远的地方赶到我家，陪伴我。一个现在中国台湾的老学生在电话中哭着恳求我们收下他们的捐助。我们并不需要捐助，可是学生们的关心从四面八方把我们沉重的心稍稍托起。

一个大学教师在教的同时，自己必须做学问，才能带领学生前进，才能不是一个教书匠。上世纪七十年代末，他从研究《乐记》的成书年代开始，对中国音乐美学做了考察，写出了《中国音乐美学史》这部巨著。这是我国的第一部音乐美学史。后来这本书要修订出版，那时他住在龙潭湖肿瘤医院。他坐一会儿躺一会儿，一字一字，一页一页，八百多页的书稿在不时插上又拔下针管的过程中修订完毕。

经过多年的努力，他对各种文献非常熟悉，却从不炫耀，从不沾沾自喜，总是尽力地做好他承担的事，而且不断地思考。不知不觉间又写出了多篇论文，音乐方面的结集为《音乐之道的探求》，由上海人民音乐出版社出版。文化方面的结集为《艰难的涅槃》，正像书名一样，这本书命运多舛，因为思想不合规矩，现在尚未能出版。

他能够连续十几小时稳坐书案之前，真有把板凳坐穿的精神。他从事学术研究不限于音乐美学，冯学研究也是重要的部分。其著述材料之翔实，了解之深切，立论之精当，为学界所推重。还是不知不觉间，他写出了六十六万字的《冯友兰先生年谱初编》，并整理、修订增补了七百余万字的《三松堂全集》第二版，又写出了《冯友兰先生评传》《教育家冯友兰》等。

对于我的父亲，他不只是一个研究者，而且也远远超过半子。幸亏有他，父亲才有这样安适的晚年。他推轮椅，抬担架，帮助喂饭、如厕。我的兄弟没有做到和来不及做的事，他做了；我自己承担不了的事，他承担了。从父母的墓地回来，荒寂的路上如果没有他，那会是怎样的日子！可是现在，他也去了。

在繁忙的教学、研究之余，他为我编辑了《宗璞文集》四卷本。他是我的第一读者，为我的草稿挑毛病。用引文懒得查时，便去问他，他会仔细地查好。我称他为风庐图书馆长，并因此很得意。现在我去问谁？

父亲去世以后，我把家中藏书赠给清华大学思想文化研究所，设立了"冯友兰文库"，但留了《四部丛刊》和一些线装典籍，供仲德查阅。他阅读的范围，已经比父亲小多了。现在他走了，我把最后留下的书也送出。我已经告别阅读，连个范围也没有了。他自己几十年收集的关于音乐美学方面的书，我都送给了中央音乐学院图书馆。学生们从这些书中得到帮助时，我想他会微笑。

他喜欢和人辩论，他的许多文章都在辩论。辩论就是各抒己见，当仁不让。他说思想经过碰撞会迸发出火花，互相启迪，得到升华，所谓真理愈辩愈明。如果只有"一言堂"，思想必然僵化，那是很可怕的。他看到的只是学问道理，从没有个人意气。

他关心社会，反对躲进象牙之塔。他认为每一个生命是独立的又是相连的。他在音乐学院任基层人民代表十年，总想多为别人做些事。他是太不量力了，简直有些多事，我这样说他。他说大家的事要大家管。音乐史专家毛宇宽说："蔡仲德是一位真正意义上的中国知识分子。"我觉得他是当得起的。

我们居住的庭院中有三棵松树。因三松堂名得到许多人的关心，常有人来，有的是从很远的地方，就为了要看一看这三棵松树。三棵松中有两棵高大，一棵枝条平展，宛如舞者伸出的手臂。仲德在时，这一棵松树已经枯萎，剩下一段枯木，我想留着，不料很不好看，挖去了。又栽上一棵油松，树顶圆圆的，宛如垂髫少女。仲德和我曾在这棵树前合影，他坐我立，这是他最后的一张室外照片，也是我们最后的合影。又一棵松树在一次暴风雨中折断了，剩下很高的枯干，有些凶相。现在这棵树也挖去了，仍旧补上一棵油松，姿态和垂髫少女完全不同，像是个小娃娃，人们说它是仙童。

仲德没有看见这棵新松。万物变迁，一代又一代，仲德留下了他的著作和理想，留下了他的爱心。爱心和责任感是连在一起的。我们家中从里到外许多事都是他管，他生病后的第一个冬天，在病房惦记着家里的暖气。他认为来暖气时应该打开暖气上的阀门，让水流出来，水才会通。他在病床上用电话指挥，每个房间依次打开不能搞乱。我们几个女流之辈，拿着水桶，被他指挥得团团转。其实我认为这是不必要的，可是我领头依令而行，泪滴在水桶里……

　　仲德和我在一起生活了三十五年，因为有了他，我的生活才这样丰满。我们可以彼此倾诉一切，意见不同可以辩论，但永远互相理解，互相尊重。我觉得，只要有他，实在别无所求。但是他去了。所幸的是他的力量是这样大，可以支持我，一直走上火星。

　　蔡仲德，我的夫君，在那里等着我。

　　女儿告诉我，她做过一个梦，梦见我们三个人在一起，仲德不知为什么起身要走。我们哭着要拉住他，可是怎么也拉不住。

　　人生的变化是拉不住的。

二〇〇七年一月五日

距二〇〇四年二月十三日仲德逝世已将三年矣

原载《文汇报》二〇〇七年一月十七日

辑四

书当快意

小说和我

在中篇小说《三生石》正文前，我写了这样一句话："小说只不过是小说。"这话对小说本身并无贬义，只是希望读者把我的小书只当作小说，而不是当作历史或个人档案来读。前年香港的晚报上有一篇评论《三生石》的文章，开头引了这句话，说："'小说只不过是小说'——但透过小说可以反映现实社会的种种现象，也可以塑造各色各样的人物。"这自然是对的。英国女小说家奥斯丁曾为小说抱不平，说甚至在小说里，小说自己也受到歧视。她为了反驳这歧视，有一段关于小说——尤指长篇小说——的名言："小说家在作品里展现了最高的智慧；他用最恰当的语言，向世人表达他对人类最彻底的了解。把人性各式各样不同的方面，最巧妙地加以描绘，笔下闪耀着机智与幽默。"（引白杨绛译文）我们写小说的人，实应力争做到她对小说的要求，那是很不容易的。

小说常常没有做到那样完美，却也有很大影响，有时的影响大到不可思议。近人梁启超很看重小说的作用。他说，欲新一国之民，不可不先新一国之小说，欲新人心，欲新人格，必新小说。因为小说可以在不知不觉间改变人的精神面貌。他甚至把中国过去政治腐败的总根源归结于陈腐小说的影响，那些旧小说的主人公后来都当了状元宰相，宣扬升官发财思想；主人公无不得娇妻美妾，使人做无聊的才子佳人梦。他的看法，当然是本末倒置的，所持的根本观点不是存在决定意识，而是意识决定存在。但是他对小说的重视，对小说影响的估计是有道理的。比起历史、哲学或任何其他文字著作，小说更接近人的生活，也更能从根本处反映人生，因之能熏浸濡染，潜移默化。这是哲学家有时也会遗憾的。

有如此功能之小说，总应该写得好一点。窃以为小说若要有好影响，应具有社会性、可读性和启示性。

一九四九年新中国成立后，尤其是一九五七年以后，有一个流行说法，即文艺是社会动向的晴雨表。因为有这样的看法，当时的批判大都是文艺界首当其冲。其实这本是一句实话，说明文学艺术对社会生活的感受是最敏锐的。我想文学的价值也在此。如果它不是从生活里来，不反映生活中的晴雨，而只是图解政策，就没有任何力量。新时期以来我们的文学出现了繁荣局面，也是因为我们写了人民大众切身的经历和感受。人们在作品里倾吐自己多年压抑着的悲痛，抚一抚伤痕，是必要的。文学作品应该反映社会的真实情况。

我的有些作品不注重情节，也不用白描叙述的手法，有些费解，遂贻"曲高和寡"之讥。其实我以为小说之为小说的一个重要条件是：能够引人入胜，使人不能释手。也就是说小说应该让人看得下去，有其可读性。不过这里说的可读性不是躺在花园里或坐在火车上随便翻翻，而是要认真地读，小说要经得起认真读，也要吸引人去认真读。五十年代时我曾听我们的前辈作家老舍说，写东西要使人能感觉到。你描写冷，读者也打哆嗦；你描写热，能让人脱掉大衣棉袄。他去世后发表的《正红旗下》有一段文字写北京的风，读的时候真想擦擦桌子，真觉得到处都有黄土。伊丽莎白·波温的小说《心之死》里描写伦敦的雾，读时使人窒息。这段描写可算是一个历史记载，因为伦敦已经没有雾了。总之，小说应该能感染读者，使读者共鸣。

小说还要经得起思索，也就是要对读者有所启示。我们新时期的好小说在社会性、可读性上大体做到，但还少真正有启示性的作品。鲁迅的《阿Q正传》《狂人日记》给我们多少启示！简直是当头棒喝，让人不能不思索我们国民性中的弱点、我们历史传统中封建礼教的危害。中国古典小说《金瓶梅》和《红楼梦》一比较，便可以看出优劣，前者只是描写人情世态栩栩如生，反映当时社会情况，后者除也做到这些，还有理想的光辉，有一种诗意贯穿全书，因为它的作者对社会人生有他的看法，有他的向往、遗憾和悲痛。伟大的作品总有巨大的思想内容，对人有所启示。但这思想内容绝非作者在说教，而是通过作品本身给予读者。

我自己在写作时遵循两个字，一曰"诚"，一曰"雅"。这是我国金代诗人元遗山的诗歌理论。郭绍虞先生将遗山论诗总结为"诚乃诗之本，雅为诗之品"，我以为很简约恰当。没有真性情，写不出好文章。如果有真情，则普通人的一点感慨也常常很动人。如果心口不一，纵然洋洒千言，对人也如春风过耳，哪里谈得到感天地、泣鬼神！文学必须真实地反映人生才能获得自己的生命，这一点是新时期作家们普遍的认识。鲁迅所说的瞒和骗的文学是没有市场的。只是要做到诚，不瞒不骗，并不容易。要正视生活需要很多条件，如本身的理论水平、处世能力、勇气和毅力等等。能够认真地看清楚了，还要认真地写出来，就更是谈何容易！

"雅"可以说是文章的艺术性。要做到这点，只有一个苦拙的方法，就是改，不厌其烦地改。"文章是改出来的"，这是一句尽人皆知的话，但这句话包含多大的耐心，恐怕也只有作者自己知道。

我的作品简单地说，可分为两大类。一类是现实主义的，照现实的样子写。有一位前辈曾谆谆教诲我这样写。我以为有道理。有一天忽然悟到，《红楼梦》里写了几百个年纪差不多的女孩儿，而能各有个性，并不重复，可能因为作家在现实生活中便接触了这样多，也许更多的女孩，把她们写下来，自然便不同，因为世界上没有哪两个人是一样的。我的这类作品有《红豆》《弦上的梦》《三生石》等，窃称之为外观手法。另一类我称之为内观手法。即透过现实的外壳去写本质，虽然荒诞不经，却求神似。中国画讲究"似与不似之间"，讲究神似，对我很有启发。中国画论以山水画为最高，并主张不做自然皮相之模仿，而为诗人理想之实现。有的名画看上去似乎不成比例，却能创造意境，传达精神，给人许多画外的东西。绘画和文学是两种艺术，所凭借的手段不同，但也总有相通之处。我是在尝试这样写。

卡夫卡是文学上的一个怪杰。他的《变形记》《城堡》写的是现实中不可能发生的事，可是在精神上是那样准确。他使人惊异原来小说竟然能这样写！把表面现象剥去有时是很必要的，这点给我以启发。写作手法是为内容服务的，怎样写要依内容要求而定。

有的评论说我的两种写法有会合趋势。我主观上不打算会合，而想使之各自发挥，使各自特点更突出。不过我的外观写法有不少浪漫色彩，而用内观写法时，我主张在细节上要注意符合现实。就是说前者也有不似处，后者则特别注意其似。长远以后也许会会合，以后的事，现在难说。

读小说是件乐事，写小说可是件苦事。不过苦乐也难截然分开。没有人写，读什么呢？下辈子选择职业，我还是要干这一行。下辈子再下辈子，那时可能争夺读者的不只是电影电视，还有新发明的想象不出的什么新奇物品。不过我相信总还是有人爱读小说，也总还是需要有人写小说。

一九八四年二月底

原载《文学评论》一九八四年第三期

有感于鲜花重放

《重放的鲜花》这书名，使人百感交集。

鲜花，本应盛开，开到如云似锦，喷火蒸霞，然后按照自然规律落入大地，化作春泥，更育来者。鲜花，而需要重放，这是多么沉痛的悲剧！为什么当时不能开个畅快呢？为什么被当作毒草刈去，还要备受折磨呢？为什么这种施之于鲜花的虐行能够通行无阻呢？无阻到后来，不要说鲜花，连一瓣小叶芽儿也要放在显微镜下检验毒性，只有落得个白茫茫大地真干净了。

每个花朵本身，完全可以宽宏地忘记一切不愉快，只记得重放的幸运。而从历史的角度看，难道不该把悲剧的原因仔细探讨，总结清楚，铭记心头，引为教训，以避免历史重演么？

因为有了重放的鲜花，不由人联想到是否还有应放未放的奇蕊，或还有应重放未重放的异葩。过去的总是过去了，总要攀住过去的不通达的人毕竟不多。最让人关心而且担心的是，将来还会不会有鲜花需要重放？若要让花朵盛开，必须有真正的创作自由，若要有创作自由，我想可能需要一种政治上的大度。这里且不说高度的民主，只说大度。要容忍那望之不似鲜花之物，还要容忍那望之竟似毒草之物。因为只有时间和人民，能够评定究竟何者为鲜花，何者为毒草，何者为渣滓——或什么也不是。这是老生常谈了。当然，我这里说的是艺术。一些海盗海淫根本算不得艺术的东西，不在此列。而在需要大度时，这种精神还是太少了。

政治上的大度来自以平等态度待人，来自从内心里承认人人平等，在真理面前人人平等，在艺术、学术面前人人平等，在国法党纪面前人人平等。可怜这一简单真理，我们讨论了几十年！我想，现在完全有理由、希望把它付诸实现，不必再需要几十年了。

我希望以后的鲜花都能及时盛开，不需重放。希望重放的鲜花永远成为中国当代文学史上稀有的奇迹。奇迹是不需要重复的。鲜花重放，一次足矣。

一九八五年九月十二日于风庐

原载《丁香结》，百花文艺出版社一九八七年四月

彩虹曲社

破不剌马嵬驿舍，
冷清清佛堂倒斜，
一代红颜为君绝，
千秋遗恨滴罗巾血。
半棵树是薄命碑碣，
一抔土是断肠墓穴。
再无人过荒凉野，
莽天涯谁吊梨花谢！
可怜那抱幽怨的孤魂，
只伴着呜咽的望帝悲声啼夜月。

这是《长生殿·弹词》一节中的"七转"。我们在夏威夷一
所小学校教室里，听几位朋友唱，唱声清越，忽而高遏行云，忽
而沉入地下；直起直落，如同铁画银钩，不要圆滑，不要坡度，
勾勒得极峭极美。连那心窍不通处，都由这陡笔打通了。

"我只为家亡国破兵戈沸，因此上孤身流落在江南地。"声音
悲凉凄楚，从极高处陡然跌落下来，像是负荷不了那悲痛。一时
间空荡荡的教室里充满了凄冷。

　　窗外有四时不谢的奇花异草，远山笼罩在烟霭中，山坡上散落着各种样式的房舍。眼前的景色是美的，我却不觉为这些身处异国的朋友感到浓重的乡愁，我的眼泪涌上来了。可是唱的人并不哽咽，伴着悠扬的笛声唱完了煞尾。"今日个知音喜遇知音在——这一曲霓裳播千载。"

　　我对昆曲是外行，根本没有听过几次，但是十分喜欢。尤其这一次唱，给我印象极深。

　　一九八二年夏的一个星期六下午，居住在夏威夷的语言学家李方桂和夫人徐樱，中国戏曲专家罗锦堂夫妇，还有两位女士和一位癌症研究中心的青年医生，在一起唱曲自娱。父亲和我得往聆听。据罗先生说，他们原轮流在各家唱，邻居听得这般怪声，以为出了什么事，找了警察来。后来便选定这小学校，星期六下午学校无课，没人听见。他们自带点心，唱一阵休息一下再唱。有时兴起，连晚饭也免去，直到尽兴方休。

　　　你道翠生生出落的裙衫儿茜，
　　　艳晶晶花簪八宝钿，
　　　可知我一生儿爱好是天然？

　　"弹词"唱过是"惊梦"，词句随着音乐送入心中，真觉得芳香直浸骨髓。我一面听一面诧异，他们怎么唱得这样好！五十年代曾在北京看过一次著名票友周、袁两女士的"游园惊梦"，载歌载舞，美妙极了。似乎票友总胜过专业演员，因为前者只凭着迷，"一生爱好是天然"，没有任何功利打算；后者则要受到种种客观制约。能"着迷"的人是可爱的，对任何事都不着迷的人，不只乏味，还有些可怕。

　　这几位朋友都迷着昆曲，迷得很天真。李夫人徐樱女士是家传，唱得好，还管吹笛子。这一场除她自唱的几段外，都是她吹笛子。后来自己笑说："都出汗了。"出了汗，还吹，还唱。罗锦堂夫人身体不好，声音却高而且亮，充满了感情。那位青年医生也唱得抑扬顿挫，字正腔圆，若是他唱一段曲子做辅助治疗，一定有好效果。

回国后听过几次昆曲，总觉得不像。各种艺术还是突出自己的特色为好，若互相靠拢，让人总觉差点什么。昆曲若无那点陡峭味儿，便无意趣。几乎以为，要听真正的昆曲，必须前往夏威夷了。当然，其实这方面的艺术家颇不乏人，且有极出色者，只是我无缘得见罢了。

前几天，偶然在电视里看到昆剧演员汪世瑜表演"拾画"，十分倾倒。一举手一投足，是那样潇洒，一发声一吐字，是那样润畅，歌和舞浑然一体，把人带到"寒花绕砌，荒草成窠"的废园中。

看来只要艺术精湛，业余和专业并不是界限。但是夏威夷那次听曲，余音绕梁，三年不去。可能因为他们的唱只是抒发胸臆，得不到掌声与喝彩，他们是唱给空荡荡的教室听的。

他们住处都离夏威夷大学不远。这一带因常有微雨，常有雾色，也常有彩虹，所以有彩虹谷之美名。那天我们出来时，便见半段彩虹，横在远山和云雾之间。他们的曲社，便名为"彩虹曲社"。

即以此文寄意所有的久居异乡的朋友，愿彩虹常现，人长健，曲常新。

一九八五年十二月
原载《女作家》一九八六年第三期

行走的人

——关于《关于罗丹——日记择抄》

曾对朋友说，若到巴黎去，一定得带上熊秉明著《关于罗丹——日记择抄》（台湾雄狮图书公司出版）这本书，它能帮助理解罗丹，欣赏罗丹。

难道只是去巴黎时，看罗丹雕塑时，才需要这本书吗？其实不是的。在人生的行程中，若想活得明白，活得美些，都应读一读这本书。

许多书的归宿是废纸堆，略一浏览，便可弃去。部分书的归宿是书柜，其中知识，可以取用。有些书的归宿则在读者的灵魂中。这书便是那样，印在那里，化在那里，亮在那里。

书的封面上印着罗丹创作的铜像"行走的人"，没有头，也没有双臂，却迈开大步，在行走。书中说，这是任何自然的阻力都抵挡不住的主体精神力量的显现。

那一个奋然迈步的豪壮的姿态，好像给"走路"一个定义，把"走路"提升到象征人生的层次去，提升到"天行健"的哲学层次去。

　　人果真有一个目标吗？怕并没有。不息地前去即是目的。全人类有一个目的吗？也许并没有。但全人类都巫巫地向前去，就是人类存在的意义。

　　这是作者一九四七年的日记。我没有见过那塑像，但已被这文字感染了，启发了。

　　书中有许多精辟的充满哲理的艺术见解，也讲到哲学和艺术的关系。"画一个苹果，若不能画出苹果以上的意义，那大可不必画。哲学不包含丰富的现实，也一样没有价值。"我注意到这一段话是在读小说后写的。那小说是德国黑塞的《纳齐思和戈德蒙》。

　　忽然记起有一位旅居海外的哲学家曾对我说，很羡慕你们写小说的人。何以呢？不明白。

　　一个有哲学头脑而又有艺术实践的人是有福的；一个沐浴在西方艺术之中而又曾为中国文化所"化"过的人更是有福的。书中谈到东西方艺术鉴赏的差别，谈到"人体的诗篇"、浪漫主义的主要观念等。深刻的睿智的见解仿佛很不经意地从笔端流出，让读者也觉得自己聪明了许多。

　　一九四九年和一九五○年，作者两次记述了和朋友讨论回国问题。回不回去？他们处在人生的十字路口，各自做出抉择。一九五○年初，他们曾有一次彻夜谈话，朋友们回国，作者因要继续学习，留在巴黎。在这一天日记后有一个"今注"，是一九八二年的注：

　　　三十年来的生活就仿佛是这一夜谈话的延续——当时不可知的，预感着的，期冀着的，都或已实现，或已幻灭，或者已成定局，有了揭晓。醒来了，此刻。抚今追昔，感到悚然与肃然。

曾有人把回来的和不回来的，不出去和出去的同一代人比作申生与重耳。果然那回来的艺术家经过不断沉痛忏悔，竟以为自己的绘画是浪费了纸张，自觉地满街捡马粪纸，以赎前愆。作者对朋友的同情是深厚的，他知道生活的分量，不像有些人只知一味责备别人的检讨。不过在揭晓之后，还有揭晓，又会有新的不可知，新的预感和期冀。

若无隽永的文字传达这些妙赏和深情，就不成为现在的"日记择抄"了。那文字是绝妙的，咀嚼三日而有余味。不知道作者怎样获得这样的文字功夫，毫不着力的功夫。照说他该有数学的天赋。

熊秉明，现任巴黎第三大学教授，是数学家熊庆来先生之子，也曾是清华子弟。少年时在清华西院，那荷塘的一侧居住过，云南是他的家乡。《择抄》中记了他对中国人——昆明人的面貌的怀念。"那面型我熟悉极了，那上面的起伏，是我从小徜徉游乐其间的山丘平野，我简直可以闭着眼睛在那里奔驰跳跃，而不至于跌仆。"

扯不断的乡思，把他从巴黎拉近了。世界在变小，因为，人在行走。

走向前去。向前去！

原载《人民日报》一九八九年一月二十六日

书当快意

"书当快意"后面本来有三个字"读易尽"，说的是人生中的憾事。读书正读得高兴，却已经完了，令人若有所失。其实细想起来，书已尽算不得什么，可以重读、再读、反复读。一本书，经得起反复读，才算好书。

王国维在《静安文集续编·文学小言》中说："三代以下之诗人，无过于屈子、渊明、子美、子瞻者。此四子，苟无文学之天才，其人格亦自足千古。故无高尚伟大之人格，而有高尚伟大之文学者，殆未之有也。"他提出必须"感自己之所感，言自己之所言"，才能产生伟大的文学。又说："宋以后之能感自己之感，言自己之言者，其唯东坡乎！山谷可谓能言其言矣，未可谓能感所感也。"可见能言其言比能感所感要容易。言其言需要艺术的功力，感所感则需要人格的力量。在无法享有完整的人格时，是无法感自己所感的。

我自己近几年读得最有兴趣的书，是冯友兰著"哲学三史"。三史者，两卷本《中国哲学史》《中国哲学简史》及七卷本《中国哲学史新编》是也。

　　《中国哲学史》出版于三十年代，是我国第一部完整的用现代方法写作的哲学史。绪论中讲到，西方哲学史著述多用叙述，中国过去的哲学史多用选录。这部书则用叙述和选录相结合的方式。其叙述，经过潜心研究仔细梳理，把庞杂的历史讲得条理分明。譬如，"合同异""离坚白"这六个字，原来哲学史上并没有，是作者钻研总结出来，让人一看就头脑清醒。其选录，于讲解时配合节选原著主要篇章，使读者能看到本来面目。有人以引文多为此书病，殊不知这正是作者有意为之，俾使一书在手，整个中国哲学思想的来龙去脉全在眼前。

　　《中国哲学简史》原用英文写作，于一九四八年在美国出版。数十年来，已有约十种文字译本，中文有涂又光、赵复三两种译本。这是一本有趣味、省时间的书。全书不过二十万字，却不只勾画出中国哲学发展的轮廓，还使读者品味到中国哲学的真髓，可谓出神入化。我常想，这本书像是太上老君炼出来的仙丹，经过熔炼，把浩繁的史册浓缩得可以一口吞！我们怎能不感谢作者呢？北大哲学系博士生导师陈来教授最近在电视台荐书时说："冯先生用这样一个不大的篇幅，把几千年中国哲学的历史内容，深入浅出，讲得非常透彻、非常精彩。这样的著作，我在世界上还没有见过第二本。"想来我的欣赏不能算是外行。

　　《中国哲学史新编》约一百五十万字，写作用时十二年。各卷的内容是：先秦诸子、两汉经学、魏晋玄学、隋唐佛学、宋明道学、近代变法、现代革命。不只较两卷本详尽，且时有新意，实在是一部大文化史。作者在第四册自序中说，因为抓住了主题，对玄学和佛学的分析比以前加深了。第六册中提出大胆的看法：太平天国向西方学习的不是长处，而是中世纪神权政治。推而论之，对曾国藩的评价也一反时贤，认为他阻止了中国的倒退。作者曾说写此书愈到后来愈感自由，可谓"感自己之所感，言自己之所言"了。第七册中更有许多新论，惜乎此卷迄今尚未在中国大陆出版。

记得似乎是列宁说过，读书要有计划，不然不如不读。这和我们"开卷有益"的想法大不同，我想两者可以相互补充。也不必做太功利的打算，只要"书当快意"，便是了。

一九九三年三月二十六日

原载《书摘》一九九四年六月号

风庐乐忆

清华园乙所曾是我的家。它位于园内一片树林之中。小时候觉得林子深远茂密，绿得无边无涯，走在里面，像是穿过一个梦境。抗战时在昆明，对北平的怀念里，总有这片林子。及至胜利后，再住进乙所，却发现这林子不大，几步便到边界，也没有回忆中的丰富色彩。

复员后的一年夏天，有人在林中播放音乐，大概是所谓的音乐茶座吧。凭窗而立，音乐像是从绿色中涌出来，把乙所包围了，也把我包围了。常听到的有舒伯特的《未完成交响曲》，这是很少的我记得旋律的乐曲之一。还有贝多芬的《田园》，莫扎特的弦乐四重奏，柴可夫斯基的《悲怆》等。每当音乐响起时，小树林似乎扩大了，绿色显得分外滋润，我又有了儿时往一个梦境深处飘去的感觉。

清华音乐室很活跃，学生里音乐爱好者很多。学余乐手颇不乏人，还出了些音乐专业人才。我是不入流的，只是个不大忠实的听众而已。因为自己有的唱片很有限，常和同学一起到美国教授温德先生家听音乐。温德先生教我们英诗和莎士比亚，又深谙古典音乐。他没有家室，以文学和音乐为伴。在他那里听了许多经典名作，用的大都是七十八转唱片。每次换唱片，他都用一个圆形的软刷子把唱片轻刷一遍，同时讲解几句。他不是上课，不想灌输什么。现在大家都不记得他讲什么，却记得他最不喜欢柴可夫斯基，认为柴可夫斯基太感伤。有一次听肖邦，我坐在屋外台阶上，月光透过掩映的花木照下来。我忽然觉得肖邦很有些中国味道。后从《傅雷家书》中得知确实中国人适合弹肖邦。有很长一段时间，我最偏爱肖邦。

以后在风庐住的约四十年中，听音乐的机会随客观情况的变化而忽少忽多，只是再没有固定的音乐活动了，也没有人义务为大家换唱片了。最后一次见到温德是在北大校医院楼梯口，他当时已快一百岁了，坐在轮椅上，盖着一条毯子。我忙趋前问候。他用英语说："他们不让我出去！告诉他们，我要出去，到外面去！"我找到护士说情。一位说，下雨呢，他不能出去。又一位说，就是不下雨，也不能去。我只好回来婉转解释，他看住我，眼神十分悲哀。我不忍看，慌忙告别下楼去，一路蒙蒙细雨中，我偏偏仿佛听到柴可夫斯基第六交响曲中那段最哀伤的曲调。温德先生听见了什么，我无法问他。

这几年稳定，便成为愈来愈忠实的听者，海淀这边有音乐会时，常偕外子前往。好几次见满场中只有我两人发染银霜，也不觉得杂在后生群中有什么不妥。有一次中央乐团先演奏一个现代派的名作，休息后演奏贝多芬的第七交响曲，在饱受奇怪音响的磨难之后，觉得第七交响曲真好听！它是这样活泼而和谐，用一句旧话形容，让人全身三万六千个毛孔都通开了。又一次有一位苏联女钢琴家来演奏拉赫玛尼诺夫第二钢琴协奏曲，于是满怀热望到场，谁知她的演奏十分苍白无力。我却也不沮丧，总算当场听过一次了。在海淀听过几次肖斯塔科维奇，发现他是那样深刻，和我们的心灵深处很贴近很贴近。一九九一年严冬，我刚结束差不多一年的病榻生活，还曾不顾家人反对，远征到北京音乐厅听莫扎特的安魂曲。记得刚一看见"莫扎特"这几个字，便感到安慰。

严肃音乐不景气，音乐会少多了。要听音乐，当然还是该自己拥有设备。我毫无这方面的志向，只是书已够我对付，够我"恨"了，怎受得了再加上磁带、唱片、CD什么的。我憧憬的是家徒四壁，想看书到图书馆，想听音乐一按收音机。许多国家有专播古典音乐的电台，我希望我们在这一点能赶上，不必二十四小时，八小时也够了，可不能安排在夜里。

现代音乐理论家黎青主曾说音乐是"上界的语言"，并引马丁·路德的诗句："谁从事音乐就是有了一份上界的职业。"他自己解释说，意即音乐是灵魂的语言，是灵界的一种世界语言。音乐在诸门艺术中确是最直接诉诸灵魂的，是没有国界的。对"上界的语言"这话，我还想到两层意思：一是可以用来形容音乐的美，另一层意思我用一句话来表达，那就是，能听一点音乐的人有福了。

一九九三年十一月
原载《爱乐》一九九四年创刊号

客有可人

这天天气很好。我想在客厅摆些花。五月初，花不少，插两枝丁香或几朵月季就可以添许多生气。可是似乎到客人来了，花也没有插上。

客人是英国人。一位是多丽斯·莱辛，根据报上的称呼，她是一位文豪。另一位玛格丽特·德拉布尔，则是著名作家。同来的还有德拉布尔的夫婿麦克尔·霍罗尔伊德，是传记文学作家。两位女作家的大名我当然知道，但没有读过她们的书。九年前访英时她们不在伦敦，未曾谋面。这次得知她们要来访我，心下是有几分诧异的。

《中国大百科全书·外国文学卷》中有莱辛小传。她一九一九年生于英属伊朗，童年时全家迁到英属罗得西亚。一九四九年才返回伦敦定居。对于祖国来说，她是一个异乡人，一定会有很多不寻常的感受。卷中说，她写作题材广阔，富有社会意义。"西方有的评论家认为，莱辛是当代英国最优秀的女作家，堪与简·奥斯丁和乔治·艾略特媲美。"她的作品有《青草在歌唱》《天狼星的试验》《优秀的恐怖分子》等数十种。在向百科全书讨教之余，我记起有人送过我一本莱辛的短篇小说集《习惯的爱》（抑或《爱的习惯》?），为了领略文风，很想找来翻一翻，但是书籍一入风庐，向来难以寻觅，于是临时的佛脚也没有抱成。

德拉布尔是一位女性文学的现实主义作家，著有《光辉的道路》《自然的好奇》和《象牙之路》三部曲等书。由于文学上的成就，已被封为英国勋爵。她生于一九三九年，一家人都毕业于剑桥大学。我在伦敦时倒是见过她的姐姐安托尼亚·勃雅特，也是一位小说家。她们的妹妹海伦是艺术史家，弟弟理查德是一位法官。关于玛格丽特·德拉布尔的介绍，总是全家出动的。

她们进了院门，从小径上走过来了。莱辛是一位瘦削的小老太太，满头银发。德拉布尔则较高大，看去不像年过半百。英语系教授陶洁陪同前来。她们刚刚在英语系会见学生，讲了英国文学情况。

坐定后献茶。这时莱辛对我说："我不喝印度红茶。"我一愣，顿时想起贾母不喝六安茶的声明，想来这是老年人的性情。当即回答说我这里没有印度红茶，我们喝的是北京花茶。"茶叶用茉莉花熏过的。"陶洁的英语极流利。

茶过三巡，话也说了不少。她们所以来访，原来是因为读了我那篇小说《鲁鲁》（见于《1949—1989 中国最佳短篇小说》）。这书是中国文学出版社编选出版的，前面有李子云序。全书无论从哪方面看都很好，子云的序也很精彩。最令我高兴的是《鲁鲁》的译文，除一些小地方不够准确（谁也难免）外，颇为传神。好几年前，澳大利亚一家出版社出版了一本中国女作家三人集《吹过草原的风》，内有《鲁鲁》，译文较为生硬。有的翻译更看不出原作面貌了。《最佳短篇小说》中《鲁鲁》的译者是克利斯朵夫·司密斯。

她们说她们喜欢动物，也喜欢写动物的作品。奇怪的是她们没有读过屠格涅夫的《木木》。话题转到英国文学，说起哈代。莱辛说她喜欢哈代，最喜欢《无名的裘德》。我想我最喜欢的是《还乡》，其中游苔莎一心向往大城市的心态，现在若重读，定会有新的感受。

她们去过了八达岭。莱辛说那一条路很像意大利（希望我没有记错）。她问我写不写长篇小说，我说写的。她说希望早读到，可得找个好翻译。她的小说《金色笔记》已译成中文，我没有勇气替她看看文笔如何，以前读书读稿一目数十行，随意间就完成，现在数行之后眼睛就发花，想看也看不见了。

话题转向了德拉布尔。我说你们家很像勃朗特姊妹一家，三姊妹都写作，有一个兄弟。她笑起来，说："大家都这么说。可是我们的弟弟比她们的强多了。"勃朗特家的男孩游手好闲，有人请客，常找他陪着说话，类似清客一流人物。说话间，德拉布尔送我一本图文并茂的书《作家的不列颠》，其中有许多作家故居和他们吟咏描写过的景物。莱辛也拿出书来，但并不送我，而是交给陶洁，赠英语系。当然这样读这书的人会多得多，是好办法。两个多月后，莱辛从伦敦寄了书来赠我，书名《伦敦观察》，是一本短篇小说集，内容多为自己成为祖国的异乡人这类感受，正是我关心的。

霍罗尔伊德不只写传记，还做了许多组织工作，曾任英国作家协会主席、英国笔会中心主席。他话不多，显得很谦逊。在座的还有英语系教授陈瑞兰，她翻译了多篇安格斯·威尔逊的小说。客人们希望见她，可能也希望她多译些英国作品吧。

过了几天，数理逻辑专家兼哲学家王浩教授偕夫人哈娜来访。王浩兄留了胡子，须发灰白，若在路上相遇，一定认不得了。他的成就是大家熟悉的，于此不多赘。他们从美国来参加北大校庆，特别是数学系系庆，后在勺园小住。哈娜是捷克人，思路活泼敏捷，说的英语很悦耳。我觉得她很可爱。她说她到北大来，只想见一个人，可惜见不到了，那就是我的父亲——冯友兰先生。人见不到，还可以看看三松，看看遗著，看看我，于是来到三松堂。哈娜说她最喜欢《中国哲学简史》这本书，我们马上互引为同调。我素以为《中国哲学简史》是一本出神入化的书。写这书时，父亲已有哲学史方面的研究成绩，又创造了自己的哲学体系，两卷本《中国哲学史》和"贞元六书"俱已流传。《中国哲学简史》将两方面成就融会贯通，深入浅出，内行不觉无味，外行不觉难懂。还有经过卜德教授润饰的英文，可谓清丽流畅。哈娜还喜爱文学，对莱辛、德拉布尔的作品都很熟悉。也说起勃朗特姊妹。人处五洲，肤色各异，可是谈起来都很了解。世界真像个大家庭。

座间还有清华学长唐稚松。他一九四八年到香港，我父亲写信叫他回来，他就回来了。唐兄现任中科院学部委员，一项研究成果获国家自然科学一等奖，为国家人民做出了贡献。除是科学家外，他还是诗人，旧诗格调极高，有"志汇中西归大海，学兼文理求天籁"之句。一九五一年陈寅恪先生曾专函召他赴穗任唐诗助教，可见其造诣。他因另有专长，未能前往。

和王、唐两位谈话，每觉有新趣。他们都是"志汇中西""学兼文理"的人物，聚在一起，真是难得。遗憾的是，说的话我渐渐不懂了，虽用心听着，还如在五里雾中坐地。

八月下旬，美国女学者欧迪安来访。她是冯学研究专家，最近将几篇研究冯学的论文译成英文，自己写了一篇洋洋洒洒的序，将在美国出版。她极赞赏父亲对郭象的见解，屡次提到。我乃赠以一本冯氏英译《庄子》，其中有一篇专论郭象的文章。她真是大喜过望，如获至宝。她这次要查清冯著每一本书的出版年月，十分认真仔细。有一本书一时找不到，她辗转问过许多人，那晚深夜又问到我这里，经过补充的线索，终于查清。

我还想起另一位女学者，日本的后藤延子。《三松堂全集》中有的文章是她在日本找到的。她也是不肯有一点马虎的，对我们有些学者大而化之的作风频频摇手兼摇头。《三松堂全集》总编纂涂又光曾慨叹道："若不认真努力，愧对延子。"

坚忍执着，知其不可而为之，本是我民族精神的重要组成部分，现在似乎是要渐渐融化在滔滔商海中了。不要说皓首穷经，就是肯安下心来坐一坐冷板凳的人也愈来愈少了。

然而总有希望。我想起另一位来访者。

七十年代末，大家刚刚可以随意走动，三松堂来了个李姓青年人，年纪不过十八九岁，家在河南某县农村。他来的目的，是谈谈读书。他非常喜欢读书，村里无书，便每天步行数十里路，到地区（似是洛阳）图书馆去读书，回家往往在深夜。我后来根据他的谈话写了童话《星之泪》，写星星为一位好学的年轻人照亮路程。他的读书范围很广，除中国经典书籍外，那时正在读西方启蒙运动时的著作。他很想读狄德罗的《拉摩的侄儿》，却找不到。我发愿若买到一定寄去。我把写有他的地址、姓名的纸条放在砚台里，过了好几年，纸条终于不见了。

那年轻人后来不知读了多少书，又不知走上了哪一条生活之路。我想，在读书做学问的道路上，总会有更年轻的人跟上来的。

一九九三年十二月
原载《光明日报》一九九三年十二月四日

乐　书

　　多年以前，读过一首《四时读书乐》，现在只记得四句："读书之乐乐何如？绿满窗前草不除。""读书之乐乐无穷，瑶琴一曲来熏风。"这是春夏的情景，也是读书的乐境。"绿满窗前草不除"一句，是形容生机盎然的自由自在的情趣。"瑶琴一曲来熏风"一句，是形容炎炎夏日中书会给人一个清凉世界。这种乐境只有在读书时才会有。

　　作者写书总是把他这个人最有价值的一面放进书里，他在写书的时候，对自己已经进行了过滤。经常读书，接触的都是别人的精华。读书本身就是一件聪明的事，也是一件快乐的事。陶渊明说："每有会意，便欣然忘食。"金圣叹读到《西厢记》"不瞅人待怎生"一句，感动得三日卧床不食不语。这都是读书的至高境界。这不只是书本身的力量，也需要读者的会心。

　　我不是一个做学问的读书人，读书缺少严谨的计划，常是兴之所至。虽然不够正规，也算和书打了几十年交道。我想，读书有一个"分—合—分"的过程。

　　"分"就是要把各种书区分开来，也就是要有一个选择的过程。现在书出得极多，有人形容，写书的比读书的还多，简直成了灾。我看见那些装帧精美的书，总想着又有几棵树冤枉地献身了。"开卷有益"可以说是一句完全过时的话，千万不要让那些假冒伪劣的"精神产品"侵蚀。即便是列入必读书目的，也要经过自己慎重选择。有些书评简直就是一种误导，名实不符者极多，名实相悖者也有。当然可读的书更多。总的说来，有的书可精读，有的书可泛读，有的书浏览一下即可。美国教授老温德告诉我，他常用一种"对角线读书法"，即从一页的左上角一眼看到右下角。这种读书法对现在的横排本也很适用。不同的读法可以有不同的收获，最重要的是读好书，读那些经过时间圈点的书。

书经过区分，选好了，读时就要"合"。古人说"读书得间"，就是要在字里行间得到弦外之音，象外之旨，得到言语传达不尽的意思。朱熹说读书要"涵泳玩索，久之当自有见"，涵泳是在水中潜行，也就是说必须入水，与水相合，才能了解水，得到滋养润泽。王国维谈读书三境界，第三种境界是"蓦然回首，那人却在灯火阑珊处"，这种豁然贯通，便是一种会心。在那一刻间，读者必觉作者是他的代言人，想到他所不能想的，说了他所不会说不敢说的，三万六千毛孔都张开来，好不畅快。

古时有人自外面回家，有了很大变化，人们便议论，说他不是遇见了奇人，就是遇见了奇书。书对人的影响是非常大的。不过要使书真的为自己所用，就要从"合"中跳出来，再有一次"分"，把书中的理和自己掌握的理参照而行。虽然自己的理不断受书中的理影响，却总能用自己的理去衡量、判断、实践。用现在的话说就是活学活用，用文一点的话说，就叫作"六经注我"。

读书到这般地步，不只有乐，而且有成矣。

　　其实，这些都是废话，每个人有自己的读书法，平常读书不一定都想得那么多，随意翻阅也是一种快乐。我从小喜欢看书，所以得了一双高度近视眼。小时候家里人形容我一看书就要吃东西，一吃东西就要看书，可见不是个正襟危坐的学者，最多沾染了些书呆气，或美其名曰书卷气。因为从小在书堆中长大，磕头碰脑都是书，有一阵子很为其困扰，曾写了《恨书》《卖书》等文，颇引关注。后来把这些朋友都安排到妥当或不甚妥当的去处，却又觉得很为想念，眼皮子底下少了这一箱那一柜或索性乱堆着的书，确实失去了很多。原来走到房屋的每一个角落，都可以接触到各种宏论，感受到各种情感，这里那里还不时会冒出一个个小故事。虽然足不出户，书把我的生活从时空上都拓展了。因为思念，曾想写一篇《忆书》，也只是想想而已。近几年来眼疾发展，几乎不能视物，和书也久违了。幸好科学发达，经治疗后，忽然又看见了世界，也看见经过整顿后书柜里的书。我拿起几部特别喜爱的线装书抚摸着，一部《东坡乐府》，一部《李义山诗集》，一部《世说新语》。还有一部《温飞卿诗集》，字特别大，我随手翻到"捣麝成尘香不灭，拗莲作寸丝难绝"，不觉一惊——现在哪里还有这样的真诚和执着呢？

　　寒暑交替，我们的忙总无变化，忙着做各种有意义和无意义的事。我和老伴现在最大的快乐就是每晚在一起读书，其实是他念给我听。朋友们称赞他的声音厚实有力，我通过这声音得到书的内容，更觉得丰富。书房中有一副对联："把酒时看剑，焚香夜读书。"我们也焚香，不过不是龙涎香、鸡舌香，而是最普通的蚊香，以免蚊虫骚扰。古人焚香或也有这个用处？

　　四时读书乐，另两时记不得了。乃另诌了两句，曰："读书之乐何处寻？秋水文章不染尘。""读书之乐乐融融，冰雪聪明一卷中。"聊充结尾。

　　　　　　　　　　　　一九九九年八月上旬，时炎夏已渐去矣
　　　　　　　　原载《人民日报》（海外版）一九九九年九月十三日

感谢高鹗

———————————

　　初读《红楼梦》是在清华园乙所。应是在我九岁以前，因为九岁时抗战爆发，我们离开了清华园。以后在昆明，在那木香花的芬芳中又多次阅读，但都是断断续续。大概是在上大学时，读了增评补图《红楼梦》，有大某山民和护花主人等的评点，那是最初的完整的阅读。五十年代，读到人民文学出版社出版的由何其芳作序的《红楼梦》，这是一次完整的阅读，似乎比较懂了，不过还是在"楼外"行走，不是"痴"也没有"魇"，我甚至没有读过脂批，也弄不清程甲本、程乙本及各种手抄本的复杂性。读小说还是要读小说本身，研究小说是另外一回事，叫作做学问。我对所有的研究者都怀有敬意，他们对《红楼梦》感情深厚，各有贡献。各种研究作为《红楼梦》的辅助读物也很有趣，它们互相启发参照，可以使读得的天地更广阔。我只是一个普通读者，有些读后感，便想说出来。

　　要说的主要是续书问题。近百年来，《红楼梦》后四十回一直是批判对象，说狗尾续貂是很客气的，甚至有人说它把一部伟大的作品毁坏了。全世界都在读这一百二十回《红楼梦》，亿万人为它哭坏了眼睛，高鹗却总在被批判，被否定，被讥讽嘲笑。这个现象很奇怪。续书究竟是好是坏，功过如何，值得探讨。

先说续书的功。首先在于它给了我们一个完整的故事。设想一部《红楼梦》到八十回就没有了，是何等光景？难道会有现在这样的影响么？我想是不会的。只因有了后四十回，《红楼梦》才成为一部伟大的小说；有了一百二十回，才有了《红楼梦》研究的大平台。我们说全部《红楼梦》的故事是完整的，因为它是忠实地沿着宝黛悲剧的线索发展开来的。《红楼梦》曲中"终身误""枉凝眉"两曲，已把钗黛和宝玉的关系交代得十分清楚。"一个是阆苑仙葩，一个是美玉无瑕。"宝黛是木石姻缘，终成虚话。"空对着，山中高士晶莹雪；终不忘，世外仙姝寂寞林。"宝玉娶了宝钗而不能忘情黛玉，所以宝钗是误了自己终身。木石姻缘与金玉姻缘相对。书中从开始写木石感情节节发展，从来就在金玉威胁之下。"梦兆绛芸轩"一回写宝玉在梦中大喊不要金玉姻缘，只要木石姻缘时，宝钗就坐在床边。宝玉要回归木石本色，却逃不出金玉枷锁。续书给了宝钗坐在宝玉床边的地位，没有弄出四角、五角的多边关系，是十分忠实于雪芹的设计的。紧扣住这一根本设计从不偏离，是续书的最大成功处。应该说这就是雪芹要说的故事。

其次，续书给我们的不只是一个故事梗概，而是有高度艺术感染力的文字。宝玉说："我有一个心早已交给林妹妹了，她来时带了来，好歹装在我的肚子里。"照园中大众看，这是痴话，痴话表现的正是海枯石烂的一种至情。王国维在《红楼梦评论》中引了一段文字，是九十六回宝玉与黛玉最后相见那一节，并评论说"如此之文，此书中随处有之。其动吾人之感情何如，凡稍有审美的嗜好者，无人不经验之也"。九十六回到九十八回，关于黛玉死的描写，都是十分动人的文字。"竹梢风动，月影移墙，好不凄凉冷淡。"这样的描写，我在七八岁时读到，现在已过了七十年，它还是那么新鲜。俞平伯老先生竟说描写黛玉死的一段文字"一味肉麻而已"，林语堂则说俞老先生是"恶人之所好，好人之所恶"。照我看，俞老先生有这样一句话，也就很难让人相信他的俗、浊等等批评了。

黛玉死，二宝成婚，实为全书高潮。紫鹃试宝玉一段，宝玉的痴情已显露无遗，怎能让他接受他人？宝玉病到半昏迷状态，在这种状态中还是念念不忘黛玉，就只有移花接木一法了，这样的写法实在是不得已。不知作者怎样呕心沥血，才成就了这文学上的千古大悲剧。

宝玉的结局，也是让人永不能忘的。白雪中一个穿大红袈裟的僧人，似悲似喜并不言语，然后飘然作歌而去。我想这比做乞丐、采药、卖字都要来得干净。多有人批评宝玉出家前拜别父母是败笔，我却以为这是最近人情处。宝玉虽是封建礼教的逆子，却不是野人。他是大情种，这情不应限于男女之情，亲情也是重要的。拜别父母的描写是合理的，中举人也无不可，算是给父母的一个交代。他这交代是按照父母的标准，而不是按照他自己的标准。只是遗有一子不妥，"终身误"中已言"空对"，宝钗应该只是宝玉名分上的妻子，而且宝玉本是一块石头，何必有子。

书中次要人物的性格发展大都符合前文。最好的是对紫鹃的描写。她没有册子可循，写来不只符合人物性格，而且更突出了这个人物。紫鹃坚守在黛玉临终的病榻旁，不肯趋炎附势，令人于悲痛中感到一点安慰，很好地表现了紫鹃这样一个平凡丫头的可敬人格。儿时所读《红楼梦》版本，附有护花主人评，依稀记得有这样的评语：紫鹃于黛玉，在臣为羁旅，在子为螟蛉，而不渝其忠，其忠则更可贵。近来海选《红楼梦》演员，谈话间不免戏言谁该演谁。一位音乐学院研究生郑重地说，我要演就演紫鹃。写紫鹃所以写黛玉，黛玉若是一味地尖酸刻薄，耍小性儿，哪里会有这样的侍女。《水浒》中林冲娘子坚贞不屈，金圣叹批曰："写娘子所以写林冲。"娘子被逼死，益增林冲悲剧之惨烈深刻。

妙玉的命运完全照册子安排，甚至有些呆板。她的断语明书"可怜金玉质，终陷淖泥中"；《红楼梦》曲子"世难容"中又明说她是"到头来，依旧是风尘肮脏违心愿"。妙玉是书中最矫情的人物。续书照着雪芹指出的方向走，却没有写出这矫情人物的丰富性。

第三，续书也反映了当时的社会。如：庄头送东西来，路上车子被官府截去，经人说情才发还，和乌进孝送年货遥遥呼应。若是现代人来编写，肯定写不出这样的情节文字。这些是续书的成功之处。

我曾设想，后四十回也是雪芹所作。后四十回的才气功力等等不及前八十回，也许是因为那时雪芹的精神才气都已用尽。写东西后面不如前面是常见的，何况这样大的长篇。有人指出，林黛玉吃五香大头菜加些麻油醋，简直不像黛玉的生活。我想那时雪芹举家食粥，吃多了咸菜，也可能写进书里。作者的生活很可能影响书中的人物。可是很快我就推翻了这种想法，后四十回为他人所续是显然的，可指出的例证很多。最大的问题是有些人物的结局不符合原意，而那结局在判词中已交代明白。如探春的判词中已说明她如断线的风筝，"千里东风一梦遥"，不会再回故土，续书中却写了回家的一段，还说她出挑得更好了。对她的远嫁描写很简单，也没有回应"日边红杏倚云栽"的签文。年未及笄即能管理偌大家事的探春、给了王善宝家的一记响脆巴掌的探春，结局似太草率，应有一段花团锦簇的文字才好。又如香菱的判词中写明"无端两地生枯木，至使芳魂返故乡"，比较清楚地说明了她是受夏金桂虐待致死。香菱是全书第一个出现的薄命司中人，她原名英莲，照谐音讲该是"应怜"，她又姓甄，更是真应怜了。也就是说薄命司中的人都是那么可怜。而香菱的容貌又有些像"东府里小蓉奶奶"（秦可卿，警幻之妹）。所以香菱的命应该是薄而又薄，才有代表性，写她被扶正生子不合原意。这都是老生常谈了。这样明显地违反判词，可以证明后四十回为他人所作。从文字上讲，有些篇章固然很好，但是败笔也不少。最大的败笔是宝玉重游太虚幻境，第一次游让人感到扑朔迷离，有仙气，重游的一段就似乎有妖气了。宝玉看得清楚，记得清楚，知道各姐妹的命运，岂不像练了气功，有了特异功能，能看见人的五脏六腑一样，多么别扭。又如有几句形容黛玉过生日时的打扮，全是套话。前八十回对人物的描写或浓或淡或粗或细，绝少用套话。"丹凤眼，柳叶眉"本来是极一般的形容，但"一双丹凤三角眼，两片柳叶吊梢眉"就活灵活现地画出一位厉害人物。若要挑毛病，还有许多。也有人揣测高鹗得到雪芹残稿，编辑补缀成书。这也是一种说法。我们可以把精彩片段交还雪芹，平庸文字派给高鹗。不过，补缀整理也是一个大功夫。

　　其实，前八十回也有不合理处，指出的人很多。近见对小红的谈论，说她在后四十回没有得到发展塑造，成了一个毫不出色的普通丫头。在前八十回，小红出身的安排就不够妥当。小红是大管家林之孝的女儿，在贾府中应属于"干部子弟"。书中写她被秋纹等欺压，不大合理。她可以不必是林之孝的女儿，安排她是个家生女儿即可，更符合现在书中表现出来的她的地位、性格。又如贾赦索要鸳鸯，贾母迁怒于王夫人，书上写迎春、惜春提醒贾母"小婶怎知大伯的事"，照迎、惜的性格不见得会出头管事。电视剧改为探春来说这句话，倒是合适。

现在专门来谈史湘云。对史湘云命运的安排有许多种，有一种是她与宝玉最后结为夫妇，以应"因麒麟伏白首双星"的回目。我想这是最不真实的故事。"白首双星"是一个谜，却是可以解释的。"白首双星"出现在回目中，本来就不够合理，因为它不符合薄命。我想这是在小说的长期写作中应改而没有来得及改的地方。据张爱玲《红楼梦魇》说，早本有个时期写宝玉、湘云同偕白首，后来结局改了，于是第三十一回回目改为"撕扇子公子追欢笑，拾麒麟侍儿论阴阳"（全抄本），但是不惬意，结果还是把原来的一副回目保留了下来。后回添写射圃一节，拾麒麟的预兆指向卫若兰，而忽略了若兰、湘云并未白头到老，仍旧与"白首双星"回目不合。"脂批讳言改写，对早本向不认账，此处并且一再代为掩饰。"这一段话讲了两件事，一是"白首双星"曾被改过，留下是失误；一是卫若兰射圃与金麒麟有关。二者都较可信。

林语堂在《平心论高鹗》一文中戏言，程伟元应悬赏征求两篇文字，一是小红在狱神庙，一是卫若兰射圃，每篇一千美金。（我建议再加一题：探春远嫁。多花一千美金。）有卫若兰射圃一段情节，似已为人接受。一九八七版电视剧《红楼梦》里也安排了这一场面，但剧中人都变了哑巴，想来是台词难写。卫若兰就是湘云的夫婿，就是那才貌仙郎。怎样把卫若兰、金麒麟、史湘云联系起来，倒要动一番脑筋。

《红楼梦》曲子"乐中悲"说湘云"从未将儿女私情略萦心上"，最后"云散高唐，水涸湘江"。若是我们尊重前八十回，应该知道，湘云和宝玉虽然自幼常在一起，早于黛玉，但并无"情"，而宝黛的木石前盟是大书特书的，怎能将湘云顶替黛玉？宝玉的人间知己只有黛玉一人。所以他说"林姑娘说过这些混账话么，若说过这些混账话，我和她早生分了"。他还对湘云说"姑娘请别的屋子坐坐吧"。宝玉在清虚观中将一个金麒麟饰物揣起，不过是好玩而已，也使得情节发展摇曳有致。在宝玉心上，湘云和黛玉的分量是不可同日而语的。又"云散高唐"一句指丈夫早死，"水涸湘江"一句指湘云的生命结束。判词也云："富贵又何为，襁褓之间父母违。展眼吊斜晖，湘江水逝楚云飞。"水逝云飞人何在？所以她不见得能活过宝钗。宝玉一娶宝钗已是违了初心，怎能再娶湘云。这样安排，把宝黛间海枯石烂、生死不渝的爱情降为普通的感情了。而书中已经说明木石姻缘是一种前盟，黛死钗嫁、宝玉出家，这是最符合雪芹原意的安排。就这一安排，我们也应该感谢高鹗。

总之，后四十回虽不及前书，但它成就了全书。后书与前书血肉相连，功是根本的、主要的。有人要把后四十回割下来扔进字纸篓，那还有《红楼梦》存在么？我们可以提出更好的设想，甚至写出精彩的片段，但要写出超过高鹗文稿的《红楼梦》后半部，是不可能的。

我要说一句：感谢高鹗！这是胡适、顾颉刚说过的话，我想也是很多人心里要说而没有说出来的话。

全部《红楼梦》深刻表现了人生的悲凉，"乱哄哄，你方唱罢，我登场，反认他乡是故乡"。人总归是要回去的，回到那大荒山青埂峰下。功名利禄，不必挂心，是非功过也只在他人谈笑中。仿宝玉偈，编了几句，以为文尾：

> 你证我证，心证意证。
>
> 各有己证，是为立证。
>
> 各无己证，是为大证。
>
> 问何所证，红楼一梦。

二〇〇五年二月初稿

二〇〇六年十月改稿

原载《随笔》二〇〇七年第一期

耳读《苏东坡传》

平生最爱东坡文字。十来岁时，在昆明乡下，初读前后《赤壁赋》，那是父亲要求我们背的。文中情景"白露横江，水光接天。纵一苇之所如，凌万顷之茫然"，使人如置身其中；议论虽不太懂，却也易读易背，好文章总是容易记得。后来又迷上了东坡诗词，也深慕东坡为人。一首《江城子》"十年生死两茫茫，不思量，自难忘"，我玩味了几十年，到现在才真的体会了那分量。苏东坡除留给我们宝贵的文学遗产外，还留下了造福百姓的各种工程，我觉得他真是了不起。其实我的了解很不全面，今年初始，读了林语堂著《苏东坡传》，才了解到他伟大人格的精髓。

写古人的传记，很难。我们没有见过传主，不认识他，只能凭借文字材料，这就要用得准确。最怕的是，望文生义，断章取义，连编带造，幻想丰富，写出来的是传记作者想象的人物，和传主相距何止十万八千里。这本《苏东坡传》也是凭材料写的，但它把握了材料的真意（好在那时还不需要现在这样深奥的"辨伪学"），一幅幅历史画面都是真实可信的。一部好的传记需要驾驭材料的本领，从中也可以看出作者的见识，甚至显示出他自己的人格。

林语堂的名字也是大家熟悉的。惭愧得很，我以前以为，他只是写点中国文化给西方人看，小说也不见得是上乘。可是这本《苏东坡传》，给了我们一个真实的苏东坡。不只是他坎坷的遭遇，也写出了他的精神，他的性格。没有对中国文化的深刻理解，是写不出的。读完这本书，我对书的作者深生敬意。

苏东坡关心人，关心民间疾苦，这是他一生的底色。书中举出他的三件事情，说它们是人道主义的表现。他被贬谪黄州时，对当地百姓因贫穷而杀死婴儿的情况深为惊骇，写信给太守，呼吁制止杀婴。他在信中叙述了杀婴的情况，并提出建议："公更使令佐各以至意诱谕地主豪户：若实贫甚不能举子者，薄有以赒之；人非木石，亦必乐从。但得初生数日不杀，后虽劝之使杀，亦不肯矣。自今以往，缘公而得活者，岂可胜计哉！"

元祐七年，南方连日大雨，洪水成灾，百姓无衣食，在雨中奔走。而因为青苗法的关系，他们还背负了很重的债务，债主是朝廷。东坡亲眼看到这种情景，夜不能寐，接连七次上表太皇太后，请求宽免贫民的债务。这七次表章可以看作一个文件。

他被贬海南，遇赦回到北方时，知道章惇获罪流放，他给章惇之子的复信说："某与丞相定交四十余年，虽中间出处稍异，交情固无所增损也。闻其高年寄迹海隅，此怀可知。但已往者更说何益？唯论其未然者而已。主上至仁至信，草木豚鱼所知。建中靖国之意可恃以安。所云穆卜反复究绎，必是误听。纷纷见及已多矣，得安此行为幸。见今病状，死生未可必。自半月来食米不半合，见食却饱。今且连归毗陵，聊自憩我里。庶几少休，不即死。书至此，困惫放笔，太息而已。六月十四日（一一〇一年）。"要知道，章惇迫害元祐党人最厉害，把苏东坡一直放逐到海角天涯的琼州。旅途中，多次刁难，不准坐船，经过恳请才能坐一段，还要限定时间。到达目的地，又不准住官舍，东坡不得不结茅而居。连最初允许东坡暂住官舍的太守也被革职。现在，章惇获罪，也被放逐。东坡对他的态度是何等地宽容，充满了同情关心。"闻其高年寄迹海隅，此怀可知……得安此行为幸"，关切之情，跃然纸上。

林公说，这三个文件是人道精神的三个文献。东坡的人道精神还有多方面表现，诸如修水利、建医院、舍药方、赈灾等，几乎贯穿了他为官和被贬的全部生活。

书中还着重指出了东坡的民主精神。他在给门人张耒的一封信里说："文字之衰，未有如今日者也。其源实出于王氏。王氏之文，未必不善也，而患在于好使人同己。自孔子不能使人同，颜渊之仁，子路之勇，不能以相移。而王氏欲以其学同天下！地之美者，同于生物，不同于所生。惟荒瘠斥卤之地，弥望皆黄茅白苇，此则王氏之同也。"又在给太皇太后的上书中说："人虽能言，上下隔绝，不能自诉，无异于马。"他主张每个人都应该能表达自己的意见，如果说出来，有关方面听不到，人不如马。如果根本没有说话的权利，岂非更不如马？

东坡和司马光的意见不同，但都不要求别人"从己"。能自由发表意见，不算民主；自己能自由发表意见，又能尊重别人发表意见的权利，才是民主。有一位年轻人问我："西南联大的时期，三校合作无间。那些人都是学富五车、才高八斗的人物，怎么能彼此合作？"我高中毕业那年，正值复员，西南联大解散。我只是联大附中的学生，但因父兄辈在世者渐少，便也常被问及当时情况。我想，先生们大多对中西文化都有了解，有很高的素养，知道民主的真谛在于不只发展自己，也要尊重别人。也就是现在常说的不仅要做到少数服从多数，还要做到多数承认少数的存在。如果多数要消灭少数，就算不得民主。这种精神，千年前的东坡已经具有，是何等地可钦可敬。

东坡的乐观态度给后人精神的净化和鼓舞，在这本书中也得到很好的表现。无论是在黄州的穷乡僻壤或是在惠州瘴疠之地，甚至在大海的那一边的琼州，居无屋，食无米，却还兴致勃勃地和人谈神说鬼。在惠州，曾建议修建公共水利；在琼州，自己造墨，几乎把房子烧了。

东坡在黄州住了四年，还被调来调去。被任命为登州（今蓬莱）太守，只做了五天，就应召进京。这样短的时间里，他还向朝廷建议更改盐税。可惜出自何处，现在我记不得，也无力查，此传未提此事。这在东坡的诸多功绩中，也许不足道，但这也是一件为百姓造福的事，所以当地居民一直怀念他，编出了九朵莲花的传说。说是八仙过海的时候，来了九朵莲花，其中一朵是为东坡准备的，可是他没有去。看来，大家都觉得东坡是应该飘飘然坐在莲花上的。

从书中记述看到，东坡有多位女性知己。他得到几位皇后的关注，尤其是英宗的皇后，也是神宗的皇太后，又是哲宗的太皇太后的高氏，极欣赏东坡的才华，东坡的政绩大多得到她的支持。东坡的原配和继配，两位王夫人都很贤德，侍妾朝云，虽然没有得到夫人的名分，在东坡生活中却有极重要的地位。以前我以为她是杭州名妓。此传中说，她是苏夫人在杭州买的小丫鬟，进府时只有十二岁。曾见东坡一篇文字，说朝云入府时并不识字，大概是丫鬟较确切。不管她的出身如何，朝云极美且有慧根，是无疑的。秦观说朝云"美如春园，目似晨曦"。《红楼梦》第二回，贾雨村论到异气凝聚，从而产生一些不平凡的人物，也提到朝云，把她和薛涛、崔莺、卓文君并论。朝云随侍东坡，远涉蛮荒，身染疟疾而亡，惠州现有朝云墓，上有一亭，名为六如亭。我曾想为朝云写一小说，题目就叫作"六如亭"，也曾想写一篇《五日太守》，讲登州事。像我的许多胡思乱想一样，只在脑中驰骋，永远不得出世。

林公写到东坡停止呼吸，便停了笔，没有写他葬在何处。我偶然得知，东坡和子由葬在河南郏县，今属平顶山市。不知什么缘分，他们长眠在那里。我很想去瞻仰，不过看来是无望了。我现在只能在室中行走，以几步路当作万里之行。

环顾陋室，斑驳如抽象画的北墙，悬有东坡手书（拓片）"海山葱昽气佳哉"那首诗；尚称平展的南墙挂着高尔泰兄书写的《卜算子》"缺月挂疏桐，漏断人初静"——词是我点的；案上摊着《黄州寒食帖》："自我来黄州，已过三寒食……空庖煮寒菜，破灶烧湿苇……君门深九重，坟墓在万里。也拟哭途穷，死灰吹不起。"；手里再拿着这样好的《苏东坡传》，我还有什么不知足呢。

本书原著是英文，林公的英文当然是十分漂亮的，可惜我不能读了，这是永远的遗憾。

二〇〇五年三月上旬
原载《文汇报》二〇〇五年八月二十二日

关于《三字经》（外二篇）

这些年来，《三字经》是一本流行读物，朋友带着上幼儿园或小学的孩子来访，总是要表演背诵，背诵的除了唐诗以外，就是《三字经》。孩子不懂其中意义，但都背得很流利，而且字正腔圆、清脆可听。听说，幼儿园千千万万的小朋友大都会背《三字经》。

我幼时没有读过《三字经》，那时它似乎不像现在这样流行。我认真读《三字经》还是"文革"以后的事。它实在很适合幼儿背诵，很上口。在不长的篇幅里，要求孩子要孝悌要勤学，而且把中国宋朝以前的历史和典籍说得很清楚。所以，近千年来传颂不衰。

最近我从家里找到一本《三字经训诂》，是宋儒王伯厚所作，翻印者特别标明"供批判用"。不知道是什么机缘，我家的书经过多次清理，这本《三字经》居然还留在我这里。翻印这本书的人，哪里想得到批判的对象如今有这等身份。但其中有几句话确实应该彻底批判，那就是"三纲者，君臣义，父子亲，夫妇顺"。这种一方统治一方的思想谁也不会赞成。我从翟志成教授的书里知道，在秦以前，儒门的思想其实是要求君仁臣忠，父慈子孝，夫义妇顺，是双方都有责任的；后来，变成了"君为臣纲，父为子纲，夫为妻纲"的一方绝对统治、一方绝对服从。《三字经》里这几句话必须删除扔进垃圾堆。因为小儿读者这样多，更必须早一些改掉。以免在我们可爱后代的小脑袋瓜里又装进一些糨糊。

删去"三纲者"那几句话，并不影响《三字经》文字的连贯。也可以在这个地方做个替换。我斗胆想了几个字来代替，改为"三求者，真善美，多思考，常在心"。全书快结束时，有一句"上致君，下泽民"，可以改为"为祖国，为人民"。可能还有提到"三纲"的地方或有别的不当处，我就没有力气去研究了。

很多年前，我曾写过一篇小文，在《新民晚报》发表，讨论十二生肖的改动，建议把蛇和老鼠改为象和鹤。这个建议简直没有什么基础，因为十二生肖来自民间，已经成为一种传统习俗，也是一种文化。蛇和老鼠和人的关系都很密切，改不掉自有改不掉的道理。好在还没有人说我胆大妄为。对"三纲"的改动，确实太必要了，不改掉是没有道理的。我希望有人印一版新《三字经》，将"三纲"那几句话去掉，也许有更好的词句代替，这可以讨论。我以为，真善美是我们应该多思考，常在心的。

关于《二十四孝图》

搬到这个小区已经两年多了，这里地面不大，有几座楼台亭榭，花木扶疏，风景怡人；还有一处长廊，壁上有浮雕，下面一泓池水，看去也很顺眼。但仔细看过浮雕内容，却让人烦恼。

浮雕刻的是"二十四孝图"。这是一个养老的小区，以孝为理念当然是很好的。"二十四孝图"似乎是我们习俗中孝的代表，其中有几幅表现的孝的行为却令人心寒，还生出一种恐惧感。最突出的就是"郭巨埋儿"。郭巨家贫，他的老母常常把自己的那一份食物分给孙儿，郭巨为了不让儿子和母亲争食，要把儿子活埋掉。图上的郭巨正在挖坑，不懂事的小儿子手里拿着拨浪鼓笑着在一旁看，不知道这坑是要埋他的。好在挖坑挖出黄金来，是上天赐给郭巨奖励他的孝心的。我觉得非常奇怪，这也叫孝心？他谋杀了亲生儿子，他的生身母亲失去孙儿，岂不要痛彻肝肠，一命呜呼？这不也是谋杀了母亲？我的想象可能太多，好在有上天赐了黄金，残忍的行为没有发生。不过影响也够大了。鲁迅说他小时看了"郭巨埋儿"这幅图以后，"怕看见我的白发的祖母，总觉得她是和我不两立，至少，也是一个和我的生命有些妨碍的人。后来这印象日见其淡了，但总有一些留遗，一直到她去世——这大概是送给《二十四孝图》的儒者所万料不到的罢。"（见《朝花夕拾》之《二十四孝图》）以鲁迅的尖锐犀利，对这幅图画的故事倒没有深责。仔细想来，这故事使得孙儿害怕祖母，甚至祖母死掉才安心，真没有别的话可说，只能说是大大的作孽。

我们这个小区里，常看见白发苍苍的爷爷奶奶，也许是外公外婆，推着里面坐着可爱小宝宝的童车散步。我真担心，再过两三年，这些孩儿看见长廊上的浮雕，会怎样想。

还有"曹娥投江"，也是极不合理的。为寻父亲的尸首跳进江里，当然也淹死了。上天又发慈悲，让死后的她背负了父亲浮上来。这也是残忍、愚昧而又迷信的事。听说现在还有地方宣传她，真是不可思议。"卧冰求鲤"说的是王祥因继母患病，想吃鲤鱼，而不顾自身安危寻鲤鱼的故事。虽然继母对他不好，他仍不计前嫌，赤身卧冰，用自己的体温去融化坚冰，果然跳出两条鲤鱼来。不计前嫌当然是可以表扬的，但这种行为若说是孝，也是愚孝。上天帮助跳出鲤鱼是迷信，事情的结果可能就是得一场肺炎，还要父母求医取药。难道不知古训云"身体发肤，受之父母，不敢损伤"？真是其愚不可及了。

古训又云："百善孝为先，论心不论迹，论迹贫家无孝子。"孝很必要，但它是一种爱心，不必宣传"二十四孝图"上的行为，特别是那些乖张的行为。"二十四孝图"家喻户晓，都知道是行孝的代表，要想除掉恐怕是做不到的。从鲁迅就在反对它，到现在也没反对掉。可是，"郭巨埋儿""曹娥投江"等这几幅必须砍掉。"二十四孝图"虽然流行，但实际上人们并不完全知道其内容。我们也许可以用偷梁换柱之法，换掉影响最坏的那几幅，如"郭巨埋儿"等。我想到两个人的事迹，可以做两幅图，一个是"木兰从军"一个是"班昭续书"。这两位女儿为父亲做了他不能接着做的事，可谓大孝。这里的说法都很粗略，需要有人认真地研究"二十四孝图"，看看哪些该留哪些该续哪些可添。我实在没有力气了。

那长廊还在，那些浮雕还在，再过两三年，这些可爱的幼儿都成为小学生在这里游玩，看见"郭巨埋儿"，有可能会恨起自己的祖母来。我也是做祖母的人，怎么办呢？

关于《打子》

《打子》是一出昆曲折子戏，我看到它纯属偶然。几年前，我的眼睛还算是眼睛，可以看见东西。因为喜欢昆曲《寄子》这一段唱，寻求到一张带表演的光盘，那真是非常好的艺术享受。没想到《寄子》之后还有一出《打子》，便也兴致勃勃地看下去。却是越看越增烦恼，耐着性子看完，只有长叹。

《打子》这出戏，本出于元曲《绣襦记》，郑元和京试落第，回乡不敢回家。为了吃饭做了歌郎，大概是沿街卖唱之类。郑家老家人看见他，引他回家，不料郑父认为他做歌郎有辱门楣，将他活活打死，还发命令弃置山野不准买棺，舞台上表演了这一情节。接下来名妓李亚仙将郑救活，带到家中调养，希望他再试中第。郑贪恋美色，无心读书，李亚仙竟然刺瞎自己的一双美目，感动得郑元和发奋读书金榜题名，夫荣妻贵，得了大团圆结局。

这个故事讲的是父亲有权杀死儿子，究其根源，和"郭巨埋儿"一样，体现的就是"君要臣死，臣不得不死，父要子亡，子不得不亡"的三纲思想。

我热爱中国文化，常庆幸自己身为中国人，才能在很细微处领略其深邃美妙。但是我们的文化虽然伟大辉煌，却不必没有缺点错误。在弘扬传统文化的同时，最应该注意的是怎样不把污水和婴儿一起保留下来。"三纲"的这一条线，无疑是要彻底清除的。

我的这些想法已经有很多年了，如骨鲠在喉不吐不快。现在病痛之中，奋力写出也是一件快事。我们需要的是对生命个体的尊重，人和人的平等，和"三纲"思想不能两立。愿真善美常在人间。

二〇一四年十二月六日，断续成文

《野葫芦引》后记

《南渡记》后记

这两年的日子是在挣扎中度过的。

一个只能向病余讨生活的人，又从无倚马之才、如椽之笔，立志写这部长篇小说《野葫芦引》，实乃自不量力，只该在挣扎中度日。

挣扎主要是在"野葫芦"与现实世界之间。写东西需要全神贯注，最好沉浸在"野葫芦"中，忘记现实世界。这是大实话，却不容易做到。我可以尽量压缩生活内容，却不能不尽上奉高堂、下抚后代之责。又因文思迟钝，长时期处于创作状态，实吃不消，有时一歇许久。这样，总是从"野葫芦"中给拉出来，常感被分割之痛苦，惶惑不安。总觉得对不起那一段历史，对不起书中人物；又因专注书中人物而忽略了现实人物，疏亲慢友，心不在焉，许多事处理不当，亦感歉疚。两年间，很少有怡悦自得的时候。

别的挣扎不必说了，要说的是：我深深感谢关心这部书、热情相助的父执、亲友，若无他们的宝贵指点，这段历史仍是在孩童的眼光中，不可能清晰起来。也深深感谢我所在单位中国社会科学院外国文学研究所的理解和支持，否则，还不知要增加多少挣扎。

小说第一、二章以"方壶流萤""泪洒方壶"为题在《人民文学》一九八七年五、六月号连续发表。当时为这部小说拟名为《双城鸿雪记》，不少朋友不喜此名，因改为《野葫芦引》。这是最初构思此书时想到的题目。事情常常绕个圈又回来。葫芦里不知装的什么药，何况是野葫芦，更何况不过是"引"。

又一年年尽岁除，《野葫芦引》第一卷《南渡记》终于有了个稿子。不过想到才只完成四分之一，这四分之一也许竟是浪费纸张和编者、读者精力的祸端，又不免沉重。

不管怎样，只能继续挣扎上前。

一九八七年十二月二十六日

*《野葫芦引》是宗璞著多卷本长篇小说，以抗日战争时期西南联合大学为背景，刻画国难当头之时中国知识分子群像，历时三十二年完成。——编注

《东藏记》后记

在蝉声聒噪中，《东藏记》终于脱稿。

《东藏记》是《野葫芦引》的第二卷。写作的时间拖得太长了，差不多有七年之久，实际上是停的时间多，写的时间少。至于书中人物在我头脑中活动的时间，就无法算计了。一九八八年，《野葫芦引》第一卷《南渡记》问世以后，我全部的精力用于侍奉老父，可是用尽心力也无法阻挡死别。一九九〇年父亲去世，接着来的是我自己一场重病。记得一九九一年下半年，写

《三松堂断忆》时，还是十分不支。一九九三年先试着写了几个短篇，下半年开始写《东藏记》。一九九五年发表了第一、二章（载《收获》一九九五年第三期），一九九六年写了第三、四章，一九九七年又是一场病，直到现在病魔也没有完全放过我。但是我且战且行，写写停停，停停写写，终于完成了这部书。

从一九九六年起，目疾逐渐加重，做过几次手术。现在虽未失明，却不能阅读，这两年写作全凭口授。再加上疾病的袭击，外界的干扰，我几次觉得自己已无力继续，但又不能甘心。亲友们分为两派，一派从我的健康出发，劝我搁笔。一派偏爱《南渡记》，认为不写完太可惜。他们说："你不能停，写下去是你的责任。"

是的，写下去是我的责任。

我写得很苦，实在很不潇洒。但即使写得泪流满面，内心总有一种创造的快乐。我与病痛和干扰周旋，有时能写，有时不能写，却总没有离开书中人物。一点一滴，一字一句，终于酿成了野葫芦中的一瓢汁液。

在写作的过程中，曾和许多抗战时在昆明的亲友谈话，是他们热心地提供了花粉。他们中有些长者已经离去。我对他们深怀感谢。我希望，我所酿造的可以对得起花粉，对得起那段历史。我也参考一些史料，当然我写的不是历史而是小说，虽然人物的命运离不开客观环境，毕竟是"真事隐去"的"假语村言"。我还是那句话，小说只不过是小说。

近年来，外子蔡仲德是我任何文字的第一读者。堂姐冯钟芸教授曾读过全部《南渡记》原稿，又读了《东藏记》前五章，细心地提出意见。本书的责任编辑人民文学出版社杨柳女士以极大的关心和耐心守候着这部书，这样的编辑不多见了。

记得写《南渡记》后记时是在严冬，现在正值酷暑。此卷虽完，还有《西征记》《北归记》，也许还有别的什么记，不知又需要多少酷暑严冬。路还长着呢，只不知命有多长。

二〇〇〇年七月二十四日
距第六个本命年生辰前二日，时荷花盛开

《西征记》后记

二〇〇一年春，《东藏记》出版后，我开始写《西征记》。在心中描画了几个月，总觉得很虚。到秋天一场大祸临头，便把它放下了。

夫君蔡仲德那年九月底患病，我们经过两年多的奋战，还是没有能留住他。二〇〇四年春，仲德到火星去了。

仲德曾说，他退休了就帮我写作。我们有一张同坐在电脑前的照片——两个白发老人沉浸在创造的世界里。这张照片记录了我们短暂的文字合作。它成为一个梦，一个永远逝去的梦。

二〇〇五年下半年，我又开始"西征"，在天地之间，踽踽独行。经过了书里书外的大小事件，我没有后退。写这一卷书，最大的困难是写战争。我经历过战争的灾难，但没有亲身打过仗。凭借材料，不会写成报道吗？

困惑之余，澹台玮、孟灵己年轻的身影给了我启发。材料是死的，而人是活的。用人物统领材料，将材料化解，再抟再炼再调和，就会产生新东西。掌握炼丹真火的是人物，而不是事件。书中人物的喜怒哀乐烛照全书，一切就会活起来了。我不知道自己能做到什么程度，只有诚心诚意地拜托书中人物。他们已伴我二十余年，是老朋友了。

我惊讶地发现，这些老朋友很奇怪，随着书的发展，他们越来越独立，长成的模样有些竟不是我原来设计的。可以说是我的笔随着人物而走，而不是人物随着我的笔走。当然，并不是所有的人物都这样，也只在一定程度内。最初写《南渡记》时，我为人物写小传。后来因自己不能写字，只在心中默记。人物似乎胆大起来，照他们自己的意思行事。他们总是越长越好，不容易学坏。想想很有趣。

《西征记》有一个书外总提调，就是我的胞兄冯钟辽。一九四三年，他是西南联大机械系二年级学生，志愿参加远征军，任翻译官。如果没有他的亲身经历和不厌其烦的讲述，我写不出《西征记》这本书。

另外，我访问了不止一位从军学子和军界有关人士，感谢他们从不同的角度给予我许多故事和感受。有时个人的认识实在只是表面，需要磨砖对缝，才能和历史接头。

一九八八年，我独自到腾冲去，想看看那里的人和自然，没有计划向陌生人采访，只是看看。人说宗璞代书中角色奔赴滇西。我去了国殇墓园，看见一眼望不到头的墓碑，不禁悲从中来，在那里哭了一场。在滇西大战中英勇抗争的中华儿女，正是这本书的主要创造者，他们的英灵在那里流连。"驱敌寇半壁江山囫囵挑，扫狼烟满地萧索春回照，泱泱大国升地表。"《西征记》结尾的这几句词，正是我希望表现的一种整体精神。我似乎在腾冲的山水间看见了。

二十年后，我才完成这本书。也是对历史的一个交代。

如果我能再旅行，我会把又是火山又是温泉的自然环境融进去，把奇丽特异的民俗再多写些。也许那是太贪心了。完成的工作总会有遗憾的。

仲德从来是我的第一读者，现在我怎样能把文稿交到他的手里呢？有那一段经历的人有些已谢世，堂姐冯钟芸永不能再为我看稿。存者也大都老迈，目力欠佳。我忽然悟到一个道理，书更多是给后来人看的。希望他们能够看明白，做书中人的朋友。当然，这要看书中人自己是否有生命力，在时间的长河中，能漂流多久。

必须着重感谢的仍是责编杨柳，她不只是《野葫芦引》的责编，现在还是我其他作品的第一读者，不断给我有益的意见和帮助。如果没有她，还不知有多少困难。

《南渡记》脱稿在严冬。《东藏记》成书在酷暑。《西征记》今年夏天已经完成全貌，到现在也不知是第几遍文稿了。但仍一段一段、一句一句增添或减去。我太笨了，只能用这种滚雪球的方式。我有时下决心，再不想它了，但很快又冒出新的意思，刹不住车。这本书终于慢慢丰满光亮起来（相对它最初的面貌而言），成为现在的《西征记》。时为二〇〇八年十二月冬至前二日。

待到春天来临，我将转向"北归"。那又会是怎样的旅程？

二〇〇八年十二月三十一日

《北归记》后记

这一部书完全是在和疾病斗争中完成的。尤其是写后一半时，我已患过一次脑出血。走到忘川旁边，小鬼儿一不留神，我又回来了。上天垂怜，我没有痴呆。虽然淹缠病榻，还是躺一会儿，坐一会儿，写一会儿，每天写作的时间很少。

我时常和责任编辑、我三十多年来的老战友杨柳讨论，杨柳对我已经退化的智力时予提携。又有联大附中老同学、少年儿童出版社编审段成鹏提意见，终于完成了《北归记》。

我有些高兴，但仍不轻松。南渡，东藏，西征，北归，人们回到了故土，却没有找到昔日的旧家园。

生活在继续，我也必须继续，希望上天留给我足够的时间，完成这个继续。

请看下一部《接引葫芦》。

二〇一七年十一月

小雪前一日，多次重读文稿后

全书后记

冯友兰说："人必须说了许多话，然后归于缄默。"我现在是归于缄默的时候了，但是要做两种告别。

一是告别我经过的和我写的时代。父母亲把孩子养大，好像重新活了一次，写一部书也是重新活了一次。因为不是自传，所以更难。本来，《野葫芦引》全书计划为四部，但写完《北归记》，觉得时代的大转折并没有完，人物命运的大转折也没有完。所以，还有一部《接引葫芦》，《接引葫芦》和《野葫芦引》是一个整体。

二是告别书中的人物，他们都是我熟悉的人，但又是完全崭新的人，是我"再抟再炼再调和"创作出来的人。我把自己的生命送给了他们，我不知道我的贞元之气能不能让他们活起来、活多久，可是我尽力了。

在这部书里，我写了三代人，分布在各个学科。是我的长辈、准兄弟姊妹和朋友们告诉我许多生活经验，还有各方面的知识。我就像一只工蜂，是大家的心血让我酿出蜜来。感谢所有帮助过我的人。书其实是大家的，感谢是说不尽的。

还要感谢亲爱的读者，他们告诉我，他们和书一起长大。他们鼓励我，加油！加油！我觉得自己像被拥拖着，可以不断向前。希望所有的人，书中的、书外的，都快乐地勇敢地活下去。

百年来，中国人一直在十字路口奋斗。一直以为进步了，其实是绕了一个圈。需要奋斗的事还很多，要走的路还很长。而我，要告别了。

二〇一七年九月十四日初稿成

二〇一七年十二月十二日改定

二〇一八年五月十四日最终改定

原载《野葫芦引》，人民文学出版社二〇一九年二月

图书在版编目（CIP）数据

满天云锦:宗璞经典散文/宗璞著;杨柳编选. —济南:山东文艺出版社,2022.5
ISBN 978 - 7 - 5329 - 6538 - 0

Ⅰ.①满… Ⅱ.①宗… ②杨… Ⅲ.①散文集—中国—当代 Ⅳ.①I267

中国版本图书馆 CIP 数据核字(2021)第 275016 号

满天云锦

宗璞经典散文

宗 璞 著

主管单位	山东出版传媒股份有限公司	
出版发行	山东文艺出版社	
社 址	山东省济南市英雄山路 189 号	
邮 编	250002	
网 址	www. sdwypress. com	

读者服务	0531 - 82098776(总编室)	
	0531 - 82098775(市场营销部)	
电子邮箱	sdwy@ sd press. com. cn	

印 刷	山东新华印务有限公司	
开 本	890 毫米 ×1240 毫米　1/32	
印 张	8.625	
字 数	228 千	
版 次	2022 年 5 月第 1 版	
印 次	2022 年 5 月第 1 次印刷	
书 号	ISBN 978 - 7 - 5329 - 6538 - 0	
定 价	56.00 元	